Palabras

"Una breve historia

de los que se van"

PALABRAS

Lorena Franco

VOLVER A EMPEZAR

Mi nombre es Emma. Y esta no es la típica historia en la que chica conoce a chico, se enamoran y viven felices el resto de su vida. No. Casi nadie habla de ese momento en el que el chico deja a la chica o viceversa. Casi nadie habla del desamor. Es mucho más fácil hablar de la felicidad, de los sueños cumplidos y de las historias de amor que duran eternamente, aunque luego nadie sepa qué sucede entre los dos protagonistas de la historia, cuando en la última página de la novela aparece la palabra: «FIN». Porque nada es para siempre. Nada dura eternamente. Esta es la continuación de un cuento que no resultó ser de hadas.

> "No te rindas
> que la vida es eso,
> continuar el viaje,
> perseguir tus sueños,
> destrabar el tiempo,
> correr los escombros y

destapar el cielo".

Desde pequeña, siempre creí en los príncipes azules. Siempre soñé con el día de mi boda. Ese día en el que sería la novia más bella del mundo. Vestirme de blanco e ir del brazo de mi padre por el largo pasillo de una iglesia abarrotada de gente y bonitas flores. De fondo, la marcha nupcial acompañaría mi espléndida sonrisa dedicada a cada uno de los invitados que me contemplarían como si, efectivamente, fuera la novia más guapa que habían visto en su vida. Y unas pequeñas niñas de rizos dorados esparcirían pétalos de rosas rojas. Estuve a punto. A dos meses de ver cómo mi sueño se hacía realidad. Y sí, conocí a un *príncipe azul*. Se llamaba Diego. Pero lo que nadie me había advertido cuando era pequeña, es que los príncipes azules también pueden romperte el corazón en mil pedazos. Ahora mi vestido de novia sin usar, escondido en el fondo del armario, me recuerda lo que pudo haber sido y no fue. Y también me recuerda que, inevitablemente y sin saber el motivo, duelen mucho más las cosas que no vives. Los besos que no das. Los «Te quiero» que no dices. Los abrazos rechazados. Las promesas incumplidas.

Esta es una historia de palabras. Un inspirador juego que me propuso mi psicóloga Silvia hace un tiempo. Nueve palabras, nueve días. Al principio fue complicado y me pareció una táctica extraña para vencer la tristeza causada por un desamor. Luego, se convirtió en una adicción. Y, finalmente, el tiempo hizo que abriera los ojos. Pero aún es muy pronto para adelantar acontecimientos. Tendréis que esperar al final de esta historia. Una breve historia de los que se van. Una breve historia de los que tenemos que aprender a vivir con la ausencia de los que deciden abandonarnos.

"Las historias tristes
siempre empiezan con un:
Tenemos que hablar".

PALABRAS

Diego me dejó en febrero. Dos días después de San Valentín. Dos días después de haberme regalado un ramo de rosas como solía hacer habitualmente a lo largo de nuestra relación, junto a una cajita con forma de corazón que contenía unos ricos bombones. Irónico, ¿verdad? Todo era perfecto y Diego resultaba ser el hombre romántico que toda mujer querría en su vida. Yo vivía en un cuento precioso y era feliz sin percibir, en ningún momento, lo que sucedería.

La tristeza invadió mi vida inesperadamente. Durante tres meses no salí de casa. Apenas salí de la cama y ni siquiera me acordaba de comer. Le daba vueltas a la cabeza sin entender qué era lo que había podido suceder. ¿Qué había hecho? ¿Había sido yo la culpable del fin de una relación que parecía idílica? Parecía... solo parecía. Ahí estaba el problema.

El tiempo lo cura todo. Eso dicen. Llegó mayo, el mes en el que estaba prevista mi boda con Diego.

Decidí armarme de valor y salir a la calle. Dejarme deslumbrar por los tímidos rayos del sol de un precioso día primaveral. Dejar que la vida fluyera, aunque aún la mirara desde la distancia; tímidamente, escondida entre las sombras de mi decepción y desconsuelo. Ya no me quedaban lágrimas, las había derramado todas. Lo más duro de todo, además de aprender a volver a vivir en soledad, fue tener que llamar a todos y cada uno de los invitados a nuestro enlace, para decirles que ya no se celebraría. Todos dijeron lo mismo: «Pobrecita».

Me quería morir. Lo que menos necesitaba era que nadie se compadeciera de mí; conmigo misma tenía suficiente.

"Si tienes palabras más fuertes
que el silencio, habla.
Si no las tienes,
entonces guarda silencio".
(Eurípides)

Busqué una salida. Algo que hiciera que volviera a resurgir de mis cenizas. Tan solo tenía treinta años y toda una vida por delante. Una vida sin él. Pero vida al fin y al cabo.

Llamé a Sandra, una de mis mejores amigas. Se alegró al escuchar mi voz después de tantos meses de silencio voluntario, y a mí se me hizo extraño hablar con otra persona que no fuera conmigo misma. Me había acostumbrado a la soledad. Sandra

13

me habló de Silvia, una psicóloga que sería, muy probablemente, la solución que en esos momentos necesitaba. Tenía métodos muy distintos a otros psicólogos que conocía, pero realmente funcionaban y Sandra lo sabía por experiencia propia.

Dejándome llevar por los consejos de mi amiga, me puse en contacto con Silvia y concertamos una primera visita para la tarde del día siguiente. Su despacho se encontraba situado en la céntrica Avenida Diagonal de Barcelona, con lo que podía ir dando un paseo desde mi apartamento. El barrio de Gracia —mi barrio—, deslumbraba en primavera, pero mi rostro no lo expresaba así. No podía. No era capaz de ver la belleza en ningún rincón. La belleza se escondía de mí.

Silvia me dio muy buena impresión desde el principio. Veintitantos años, probablemente de mi edad. Envidiablemente guapa, alta y esbelta. Su cabello corto, de un color castaño oscuro, resaltaba sus marcados pómulos, altos y tersos. Nariz pequeña respingona y unos penetrantes ojos azules. Seria pero agradable. Inspiraba confianza. Muy al contrario de lo que pensaba, no me tumbé en un confortable diván. Silvia tenía en su despacho un sillón orejero marrón más típico de abuelo que de un cliente en una consulta de un terapeuta con necesidad de desahogarse. A mi alrededor, estanterías con multitud de libros, y al lado del escritorio de la psicóloga, un gran ventanal con vistas a la ruidosa Avenida Diagonal.

Nunca había acudido a un psicólogo, así que no sabía qué hacer. Me sentía fuera de lugar. Por otro lado, pensé en las personas que viven día a día con problemas. Problemas de los de verdad. Problemas importantes de salud, muertes de seres queridos, desahucios, no tener dinero para alimentar a sus hijos, no tener un lugar donde dormir... Y yo, egoísta y estúpida, quejándome y sufriendo porque un hombre me había dejado. Y porque en tres meses, ese hombre que había compartido seis años de su vida conmigo, no había dado señales de vida.

Fue la primera vez, a lo largo de esos meses, en los que me sentí una idiota. Una malcriada egocéntrica con problemas banales. Así quise hacérselo saber a Silvia.

—¿Qué te ha traído hasta aquí, Emma? —me preguntó Silvia, anotando algo en un cuadernito.

—El desamor... —sonreí tristemente—. Pero sé que hay problemas más graves en esta vida. No sé, imagino que...

—Emma —me interrumpió la psicóloga—. Te duele, ¿verdad?

—Mucho.

—Pues para eso estás aquí. Sabemos que en el mundo hay muchísimos problemas —comentó, como si me hubiera leído el pensamiento—. Cosas graves que les sucede a gente buena todos los días. Nos sentimos mal, sin saber qué hacer ante estas desgracias ajenas —asentí obedientemente—. Pero lo que te duele a ti, para lo que estás aquí, es el desamor. Y ese también es un problema importante si afecta a tu vida, a tu mente y a tu estado anímico.

Me miró fijamente a los ojos, como queriendo seguir adivinando mis pensamientos. Logró intimidarme. Los ojos claros siempre me han intimidado y Silvia, aunque era agradable, tenía una mirada dura. Incluso podría decir que fría. Distante. Tal vez para no involucrarse demasiado en los problemas de sus pacientes. Está claro que si un psicólogo se llevase a casa todos y cada uno de los estados anímicos y problemas de sus pacientes, acabaría chalado.

—Voy a proponerte algo —empezó a decir—. Nueve palabras. Nueve días. Nueve sesiones. A lo largo de estos nueve días, quiero que escribas en casa. Lo que te inspire cada palabra que yo te vaya dando y tenga algo que ver con tu relación.

—¿Cómo? —pregunté perpleja. No me apetecía llevarme *deberes a casa*.

—Desahógate. Las palabras ayudan, son fuente de inspiración; leerlas en voz alta a alguien que no tenga nada que ver con tu vida personal, viene bien. A través de las palabras me contarás tu historia. Qué te parece si empezamos por la palabra... ¿Melancolía?

—Así me siento... —admití cabizbaja con una triste sonrisa.

16

—Lo supongo, Emma. Por eso he decidido empezar por esta palabra. —Su tono misterioso me desconcertó—. Escribe. Escríbele a tu ex pareja, como si él te escuchara o te leyera. Como si lo tuvieras delante y pudieras decirle todo lo que sientes. Y cuando pasen estos nueve días, te aseguro que volverás a ser la misma de antes. Volverás a ser feliz.

«No prometas nada que no puedas cumplir», pensé. Pero Silvia estaba muy segura de su método. De su éxito. Debía confiar. Confiar en las palabras. Aprender a deshacerme de la melancolía que sentía mi alma. Aprender a olvidar. O, al menos, aprender a recordar sin dolor; con eso me conformaba. Con eso me sentiría lista, al fin, para poder volver a VIVIR.

"Las lágrimas más amargas
que se derramarán sobre nuestra tumba,
serán las de las palabras no dichas
y las de las obras inacabadas".
(Harriet Beecher Stowe)

MELANCOLÍA

Tristeza vaga, profunda, sosegada y permanente,
nacida de causas físicas o morales que hace que
quien la padece no encuentre gusto ni diversión en
nada.

Y el día menos pensado la melancolía llega a tu vida repentinamente. Me han ordenado que debo hablarte a ti, Diego, en este tipo de ejercicio para curar mi alma y desprenderme del dolor. Se me hace raro hablarte a través de una hoja en blanco que voy rellenando con estas palabras absurdas que sé que no leerás jamás. Siempre se me dio bien escribir al igual que dibujar. Por algo me dediqué a la ilustración infantil. Porque me gusta, y ahora mismo es un alivio poder trabajar desde casa. No tengo que llevar mi melancolía, tristeza, decepción, amargura o como lo quieras llamar, a ningún lugar. De esta forma, no contagio a nadie mi negatividad.

Déjame que te cuente que cuando te fuiste todo se volvió oscuro. Cerraste la puerta mirándome de reojo y, aparentemente, no te importó lo que pudiera pensar de ti. Mírate; fuiste frío y calculador. Nunca te vi así. Nunca pensé que fueras así. Eso me demuestra que nunca llegamos a conocer del todo a una persona.

Me contaste que te habías enamorado de otra mujer de la noche a la mañana y tiraste a la basura nuestros bonitos seis años de relación. Allá donde estés, ¿eres feliz? Así lo deseo. Tal vez es este estado melancólico en el que me encuentro que me hace desear tonterías, pero no se le puede desear nada malo a alguien a quien quisiste, ¿verdad? Aunque te haya roto el corazón. Pero a ella sí. A ella le deseo que se quede calva, coja y sorda. Que tengas que hablarle muy alto para que te escuche. Que te desesperes y la abandones. Aún sigo manteniendo la esperanza de que algún día volverás a entrar por la puerta como si nada hubiera sucedido. Me pedirás perdón, nos besaremos, haremos el amor como en nuestros mejores tiempos y volveremos a estar juntos.

Pero soy realista. Tengo los pies en el suelo. Y es esta melancolía la que invade mi espacio, la que me dice: «Olvídalo. No volverá. No lo esperes. Ya no es tuyo. Nunca lo fue.»

Nada nos pertenece. Nada dura para siempre. Pero, aun así, seguimos equivocándonos y aferrándonos a la idea de que nuestra pareja es nuestra otra mitad. Esa idea es la que se desmorona por completo y destruye nuestro mundo cuando, la que pensamos que es nuestra otra mitad, encuentra a la que verdaderamente cree que es la suya. Yo solo fui un pasatiempo. El amor de verdad existe en los brazos de otra. Así es cómo me siento.

"La melancolía es un recuerdo
que se ignora".
(Gustave Flaubert)

Diego, te voy a contar la primera vez que conocí a señora melancolía. He decidido tratarla de señora porque así es cómo me la imagino. Una señorona que va una vez a la semana a la peluquería, le gusta dar consejos y cree que ella es la mejor en todo. Señora melancolía me ciega, Diego. Y no me deja ver los colores primaverales que inundan la ciudad de Barcelona. La melancolía me amarga y me presiona. Me duele. Me hace sentir triste; no me gusta. En realidad, Diego, conocí a señora melancolía dos días después de tu marcha. No fue de inmediato, vino despacito, en silencio, poco a poco... se tumbó conmigo en la cama e hizo que llorara. Lloré muchísimo, como si eso pudiera hacer que me sintiera mejor o que volvieras a entrar por la puerta. Como si las lágrimas aliviaran mi dolor. No, qué va. Las lágrimas lo único que consiguen es dejarte los ojos hinchados y feos. Que te salgan mocos. Las lágrimas son amigas de señora melancolía y esta señora, a su vez, ha logrado cansarme. Sí, me ha agotado, como lo hacías tú cada vez que te empeñabas en salir a hacer footing por las estrechas calles de Gracia, un domingo a las ocho de la mañana. Me ha agotado como cada vez que me obligabas a ver un partido de fútbol. Odio el fútbol. ¿O qué me dices de aquellos meses en los que empezabas una dieta y no me permitías comer una riquísima hamburguesa para no caer en la tentación? ¿Y cuando me decías que no querías ir a la playa porque estaba abarrotada de gente y nos quedábamos en casa aburridos, mirando cualquier película mala por televisión? Qué tostón. Me agotabas, Diego. Me agotabas. Vaya, Diego. Señora melancolía me está haciéndote ver un poquito peor a cómo te recordaba. Puede que no sea tan mala; que señora melancolía también tenga su lado bueno.

¿Es eso lo que sucede? Un solo alguien desaparece de nuestra vida lo idealizamos? ¿Solo recordamos las cosas buenas? ¿Los momentos bellos? Melancolía no recuerda ni un solo momento bueno. Melancolía me recuerda que junto a ti también pude sentirla. Como por ejemplo, aquel nueve de noviembre en el que te olvidaste de mi cumpleaños. Cumplía veintiséis, y tú y yo ya llevábamos dos años saliendo, aunque aún no habíamos dado el paso de ir a vivir juntos. Te olvidaste de mi cumpleaños. Me dejaste sola y te

21

fuiste a cenar con tus amigos. Cuando al día siguiente te lo comenté, entre triste y enfadada, sonreíste pícaramente. Me pediste perdón. Y, aunque señora melancolía se apoderó de mí un ratito, yo te perdoné aunque no lo llegara a entender nunca. Al día siguiente volviste a conquistarme regalándome unas flores. Te sentías culpable.

Sí, contigo también tuve épocas en las que me sentí melancólica. ¡Pero no pasaba nada! ¿Sabes por qué? Porque al llegar a casa después de una reunión que había salido mal, estabas tú esperándome en casa. No pasaba nada, porque al verte después de una discusión con mi madre, tú me abrazabas. Y entre tus brazos me sentía bien. Segura. Nada malo podía pasarme.

Creo que estas palabras hablando sobre señora melancolía me advierten de algo. Aún no puedo despedirme de ti, Diego. Pero sí de esta señora que me agobia, me cansa y me ciega. Debo volver a ver el lado bueno de las cosas. Debo abandonarla como tú me abandonaste a mí. Dime, Diego, ¿fue difícil? Supongo que abandonar a alguien a quien quieres es difícil. Abandonar a alguien a quien no quieres, es tarea fácil cuando no tienes en cuenta los sentimientos de esa persona. A mí siempre me ha costado desprenderme de todo, aunque no me importara. Aún no he sido capaz de deshacerme de la entrada de cine de la primera película que fuimos a ver juntos. ¿Recuerdas cuál era? Yo sí y ahora una risita nerviosa se apodera de mí al recordar su título: *Los fantasmas de mis ex novias*. Ojalá algún día te conviertas en un fantasma, Diego. Un fantasma del pasado que no recuerde con melancolía, sino solo con gratitud por los buenos momentos vividos. Solo deseo eso, de verdad.

Melancolía vuelve. No quiero. Una lágrima se pasea tranquila por mi mejilla. Me deshago de ella, como si fuera tarea fácil... aparecen más y más... y, finalmente, van cayendo sobre el papel en el que estoy escribiendo. Y las letras, las palabras... se diluyen. Estas palabras que son tan tuyas como mías. Que están dedicadas únicamente a ti y a todo lo que sentí. Porque ahora veo que fui yo la que amó más. Y aunque no me arrepiento, he comprobado que el que ama más, es el que pierde. ¿O tal vez no? Tal vez solo siente más dolor pero no pierde nada, al contrario. El que ama más tiene una recompensa aún mayor y, ¿sabes cuál es? Conocer la capacidad que tiene su alma de ofrecerlo todo por nada.

"No hay melancolía sin memoria
ni memoria sin melancolía".
(Will Rogers)

Sé que señora melancolía, algún día, se cansará también de mí y se irá a por otra víctima desquiciada. Pero, por el momento, le ha cogido gustillo a acompañarme a todas partes. Se cree importante cuando voy por la calle y veo a parejas de enamorados besándose; madres e hijos jugando felices; adolescentes descubriendo su primer amor escondidos en un rincón del parque... Señora melancolía se crece al mismo tiempo que yo me hago más chiquitita. Porque no volveré a vivir un inocente amor adolescente. Porque no serás tú, Diego, quien bese mis labios como dos enamorados que no pueden esperar a llegar a casa para rendirse a sus sentimientos. Porque no será «nuestro» hijo con el que yo juegue por las calles barcelonesas. Porque tú ya no estarás en mi presente y tampoco en mi futuro.

Solías decirme que no imaginabas una vida sin mí. Ahora esas palabras resuenan como ecos de ultratumba en un lugar llamado pasado que, a menudo, melancolía me recuerda porque quiere seguir presente en mí. Me ha cogido cariño, la muy gamberra; es lo que tiene dormir con ella cada noche.

Señora melancolía es maliciosa. No puedes imaginar cuánto. Me dice que no me has llamado. Ni una sola vez. Ni un solo *whatsapp* para saludarme y saber si estaba bien. Me has eliminado de todas las redes sociales y eso, te aseguro, sienta muy mal. Me has borrado de tu vida. Señora melancolía me ha dicho que no piensas ni un solo segundo del día en mí. Que tienes cosas más importantes que hacer y una mujer mucho mejor que yo en la que pensar. Y yo la creo. La creo porque así me lo ha demostrado tu ausencia a lo largo de estos insufribles tres meses.

"La melancolía
es la dicha
de ser infeliz".
(Víctor Hugo)

Melancolía camina junto a mí, pasito a pasito. Es lenta y paciente. Tiene carácter. Pero poco a poco voy desprendiéndome de ella. Quizá la mantenga a ratos. A lo mejor a señora melancolía se le antoja volver a visitarme en algunas épocas de mi vida en las que yo, que siempre me ha gustado soñar despierta, la necesite. Melancolía me inspira. Otras veces me provoca una tristeza indescriptible. Así me has dejado tú. Triste. Sola. Sin nada que me divierta, sin nada que me entretenga. Y melancolía me vuelve apática.

Pero hoy, Diego, decido desprenderme de este estado llamado melancolía que tanto protagonismo ha tenido en estos tres folios. Tal y como te he dicho, me cansa como a menudo lo hacías tú. No merece la pena arrastrarla conmigo y llevarla a todas partes. No por ti. Mañana también saldrá el sol. Mañana una pareja de enamorados me hará sonreír. No les envidiaré, les desearé una relación estable, sana y feliz, repleta de inolvidables momentos. No me molestará observar cómo una madre juega con su hijo porque entenderé que tú no estabas destinado a ser el padre del mío. Y ni mucho menos añoraré esos tiempos de adolescencia al ver a dos jóvenes buscando el mejor rincón donde aprender a amar, porque fue una época que yo también viví y disfruté. Es pasado. Y esta melancolía que ha invadido mi alma en forma de señora protestona y negativa, se va de viaje. De viaje a ninguna parte, para volver solo cuando yo la llame.

Una última cosa quiero decirte, Diego. Voy a acercarme hasta la floristería de la esquina y me regalaré un precioso ramo de flores. De muchos colores. ¡Muchísimos! Dejaré de verlo todo en blanco y negro y volveré a ponerle color a mi vida y al piso que compartimos durante tres años y tan vacío has dejado. Esos colores espantarán a señora melancolía, estoy segurísima de ello.

> "Todos los cambios,
> aún los más ansiados,
> llevan consigo cierta melancolía".
> *(Anatole France)*

***

Silvia sonrió cuando finalicé el relato de mi primera palabra. No me había quedado tan mal y, por la cara que puso, pude ver que realmente estaba satisfecha con lo que había escuchado.

—Diego. Bonito nombre —comentó—. ¿Qué flores compraste?

—Margaritas, entre otras.

—Margaritas, son mis preferidas. ¿Ha desaparecido señora melancolía? ¿De verdad?

—Me siento más optimista.

—Eso es genial. Vamos avanzando. Es importante verlo todo con claridad, no idealizar. Saber ver la realidad ayuda mucho y, aunque el recuerdo permanezca, tratar que no sea triste. Y no temas al recuerdo, forma parte de nosotros mismos, de nuestra vida. El sentimiento es algo que poco a poco se irá desvaneciendo. Vamos a por la segunda palabra, Emma: Época.

—Vale —respondí obediente.

La miré fijamente pensando en la palabra que me había dado. Sentí curiosidad por ella. Por su vida personal. ¿Señora melancolía la había venido a visitar muchas veces? ¿A ella también la han abandonado alguna vez?

—Nos vemos la semana que viene —se despide—. Sobre todo intenta que no vuelva señora melancolía. A mí tampoco me gusta —opinó, guiñándome un ojo divertida.

ÉPOCA

*Un período de tiempo determinado en la
historia o en la vida de una persona.*

Cuando hablo de épocas, no solamente vienen
a mi mente recuerdos buenos. Hay un popurrí de
todo, Diego. Pero hoy me apetece recordar los
mejores momentos. Lo bonito de nuestra historia,
aunque duela más que recordar lo malo al saber que
esos instantes no volverán. Ahora que no me invade
la melancolía, puedo verlo todo con mayor claridad.
Existen colores. No todo es blanco o negro y las
lágrimas, poco a poco, se van. Permanece el recuerdo
de tiempos pasados que a veces va bien recordar. No
quiero acordarme de ti con tristeza o ansiedad al no
tenerte en mi presente, Diego. No te he hablado aún
de Silvia, mi psicóloga, pero es algo que me dijo y
creo que acertó de pleno, tras escuchar mi escrito
sobre señora melancolía. Que no tenga miedo del
recuerdo. El recuerdo forma parte de la vida y es algo
natural y hermoso. Es necesario recordar, aunque
sean épocas mejores que esta que estoy viviendo. Por

eso mi psicóloga ha decidido que la siguiente palabra sea esta, época. Vida. Nuestra historia. Al menos desde mi punto de vista, aunque también intentaré hablar de nuestra época juntos desde la perspectiva que creo que tuviste tú de lo nuestro.

"Vuelve a empezar.
Aunque sientas el cansancio.
Aunque el triunfo te abandone.
Aunque un error te haga daño.
Aunque una traición te hiera.
Aunque una ilusión se apague.
Aunque el dolor queme tus ojos.
Aunque ignoren tus esfuerzos.
Aunque la ingratitud sea la paga.
Aunque la incomprensión corte tu risa.
Aunque todo parezca nada...
¡VUELVE A EMPEZAR!"

Me viene a la mente nuestro primer encuentro. No fue nada original y ni si quiera fue bonito. De hecho, todo empezó con una discusión entre dos desconocidos que llegan agobiados y cansados al aeropuerto del Prat de Barcelona, y lo único que quieren es coger rápidamente un taxi para llegar a casa.

—Le he llamado yo primero —te dije altiva.

—¿Perdona? Lo siento, hoy no tengo el día caballeroso. He tenido un vuelo largo y horroroso y quiero llegar ya. Taxista, aquí tiene mis maletas —te encaraste a mí malhumorado.

Me reí. Te miré mal. Fatal. Cogí mi maleta; indignada te insulté. No recuerdo qué palabrota dije, pero seguramente hubiera sido algo por lo que hubiese discutido con mi madre que detestaba que su hija fuera tan mal hablada.

—¡Oye! ¿Qué me has dicho? —gritaste enfadado.

—Idiota —respondí.

Sí, creo que esa fue la palabra. Idiota. La oíste. Te acercaste a mí. Alto, imponente y fuerte. Me miraste con esos ojos verdes a los que, tiempo después, no les pude negar nada. Te reíste y, poniendo los ojos en blanco, me propusiste compartir taxi. El taxista, harto de nuestra tonta discusión e indecisión, dejó tu maleta en la calle y se marchó con otro cliente más espabilado que nosotros. Apesadumbrados, volvimos a ponernos en la cola a esperar el siguiente taxi. Al principio no hablamos, pero después nos echamos unas risas por nuestra mala suerte. Pensé que tenías una sonrisa muy bonita. No de dientes perfectos, pero sí graciosa, sincera y llamativa. Y, al fin, te presentaste.

—Me llamo Diego.

—Emma. Aunque no puedo decir que bajo estas circunstancias sea un placer conocerte.

Empezó a llover. Ninguno de los dos llevaba paraguas. Genial.

—¿Compartimos taxi igualmente? ¿Por dónde vives?

Mi madre siempre me enseñó que no debía hablar con desconocidos y mucho menos decirles dónde vivía. Pero no parecías una persona peligrosa con malas intenciones. Tu rostro así lo expresaba.

—Por Gracia —te respondí.

—Yo también —dijiste animado.

Compartimos taxi. Yo llegué primero y tú te ofreciste a pagarlo con una condición: que te diera mi número de teléfono para poder llamarme e invitarme a un café. No tardaste mucho. Esa misma noche me mandaste un mensaje y me propusiste quedar al día siguiente a las seis de la tarde, en *Mama's café,* en la calle de Torrijos. ¿Se puede saber cómo supiste que era una de mis cafeterías preferidas? Fue como una señal y no pude dejar de pensar en ti. En lo guapo que me pareciste. No fue amor a primera vista como nos venden las películas románticas de Hollywood con una perfecta Cameron Díaz y un irresistible Jude Law. Lo sé, esas cosas ocurren pocas veces y, sinceramente, soy de las que creen que el físico es el primer impulso que sientes para que te apetezca conocer a una persona como *algo más.* Nunca me he considerado una belleza, soy más bien normal, pero si me miro en el espejo veo a una mujer atractiva que con el tiempo ha aprendido a aceptarse. Sin embargo, tú, Diego, me hiciste sentir desde el primer momento la mujer más bella sobre la faz de la tierra.

Me puse un vestido azul para la ocasión.

Resaltaba mis ojos color miel y mi tez blanca. Recogí mi melena rubia por encima del hombro en un moño e incluso me maquillé un poco. Cuando llegué ya me estabas esperando con una taza de café.

—Siento el retraso —me disculpé sonriendo.

Pareció no importarte.

—Ha valido la pena esperar —respondiste, guiñándome un ojo.

"¿Cómo olvidar a alguien que te dio tanto para recordar?"

Me contaste que eras arquitecto. Cuando nos conocimos, en el aeropuerto, llegabas de Perú. Habías viajado por motivos laborales para la construcción de un hotel. Todo lo que me explicabas me pareció muy interesante y ambos nos sentimos cómodos el uno con el otro. ¡Teníamos tantas cosas de las que hablar! Una hora, dos horas... el tiempo pasó volando. Fue un buen momento. Una gran época. Vinieron más cafés. Comidas, cenas. Ninguno de los dos dábamos el paso y nos estábamos acercando peligrosamente a la zona de amigos; no avanzábamos como algo más, pero seguíamos teniendo interés por conocernos, por hablar, por desahogarnos... me hablaste de una ex novia tuya, una tal Carolina por la que sentí mucha envidia. Ella sabía lo que era besar tus labios. Sentir tu piel. Yo aún no.

Pasaron los meses. Aún tenías el don de hacerme saltar del sofá, de la cama o de donde estuviese, cada vez que me mandabas algún mensaje. Ya no solo me atraías físicamente. Detrás de esa fachada había algo más. Un ser al que veía extraordinario. Buena persona. Atento, generoso, alegre y buen conversador. Alguien fascinante que quería a mi lado. Y, lo mejor de todo, era que siempre quería más. Saber más de ti.

El día en el que iniciamos nuestra época juntos, parecía ser normal. Un día más; un café que tal vez se alargaría y se convertiría en una agradable cena por el barrio de Gracia. Un mexicano, quizá. Sí, siempre nos apetecía ir a cenar a un mexicano. Pero ya en el café te mostraste distinto. Preocupado. Indeciso. Como si las palabras no quisieran salir de tu boca, como si el miedo a proponerme una relación se apoderara de las ganas que tenías de expresarlo con claridad.

—Emma —comenzaste a decir, sin soltar tu taza de café con leche—. Hace tiempo que... bueno, llevamos tiempo conociéndonos. Me caes genial y estoy muy a gusto contigo pero es que además... —Te detuviste. Dudaste. Miraste al suelo y luego me miraste a mí, de reojo, para acabar diciendo lo que deseaba escuchar desde hacía tanto tiempo—: me gustas. No, no me gustas, me encantas. Me encanta todo de ti —finalizaste sonriendo.

Te imité. No podía evitarlo, la sonrisa me salía sola. Entonces, me levanté de la silla, me acerqué a ti

33

y me agaché hasta tenerte frente a mí. Te miré fijamente y te di un beso. Acariciaste mi cara, y volviste a acercarme a ti. Fuiste tú quien me dio el mejor beso que me habían dado jamás. No lo olvidaré nunca, Diego. La camarera del café se moría de envidia al ser testigo de nuestra escena. Parecíamos dos almas unidas desde hacía tiempo, como si desde siempre nos hubiéramos estado buscando. Nuestros labios, desesperados por encontrarse, no podían frenar esos besos dulces, apasionados y tentadores... muy tentadores. Casi como una adicción. Perdona mi vena romántica y mi admiración por las películas ñoñas que tanto detestas. No lo puedo evitar.

Esa noche no fuimos a cenar. Viniste a mi pequeño apartamento e hicimos el amor por primera vez. Fue precioso sentirte tan cerca y saber lo que era tenerte dentro de mí. Conocer tus caricias y tus abrazos; quedarme dormida sobre tu pecho, deseando que el tiempo se detuviera para siempre.

Ahora te imagino con otra. No le pongo rostro, pero trato de imaginarla fea... al menos más fea que yo, porque eso me hace sentir mejor. Qué tontería, ¿verdad? Y me da rabia pensar que ahora vives una época distinta con otra mujer. Otra mujer con la que también tuviste un inicio mientras estabas conmigo. Otra mujer que, tal vez, te hace más feliz.

"Fuimos un cuento breve,
que leeré mil veces".

Nuestro primer año. La mejor época de toda mi vida. Y sé que de la tuya también. Al menos déjame creerlo. Aunque no dimos el paso de ir a vivir juntos hasta tres años después, dormíamos en la misma cama casi cada noche. Aun así, queríamos seguir teniendo nuestro espacio *por si*. Siempre había un *por si*. Nuestro tiempo juntos era perfecto. Fue, sin lugar a dudas, nuestra época. El primer año dicen que es el mejor, ¿verdad? Y lo fue, Diego... Se te veía en la mirada. Nos complementábamos bien en todos los sentidos. Nos mirábamos de una forma muy especial. Yo nunca había mirado a nadie como te miraba a ti, pero ahora empiezo a dudar que yo fuera lo mejor que te había pasado en la vida tal y como me decías.

Nos encantaba ir al cine. Pasear por las calles de Barcelona en verano y refrescarnos con un helado o una horchata. Beber granizados de limón que nos provocaran dolor de cabeza y carcajadas. Ir a tomar café. Perdernos por cualquier centro comercial y comprar compulsivamente cosas que realmente no necesitábamos. Leer. Juntos, muy juntos. Reírnos de predecibles y ridículas películas de terror. Llorar con cualquier drama. Pasear por la playa. Sentarnos en la arena y contemplar un atardecer abrazados. Besándonos. Mirándonos. Aunque al tercer año de lo

35

nuestro confesaste que odiabas pringarte con la arena. Y cuando me dejaste, entendí que no te gustaba contemplar el atardecer conmigo. Tal vez solo fuera uno de los pocos sacrificios que hiciste por mí en nuestra relación.

Debería ir terminando ya. Entiendo que mi época contigo pasó. Se esfumó. Tú te fuiste y yo me quedé con mi propia época. Una época repleta de soledad y tristeza durante estos tres últimos meses. Pero algo está cambiando en mí. Quizá esto de desahogarse escribiéndote sobre nuestra historia en base a palabras, realmente funcione. Espera... necesito dos minutos. Voy al baño a llorar un poco. Ya sabes, los recuerdos a veces me martirizan y siento que me voy a ahogar. Se me hace un nudo en la garganta que no soporto y se me nubla la vista.

Ya estoy. Épocas pasadas. Presentes. Futuras. Estoy empezando a darme cuenta que la época importante es la presente y que da igual cómo sea. Da igual que tú ya no estés aquí. Seguramente me dirías:

—Esto también pasará.

Yo sonreiría y te diría que sí. Sí, Diego, esto también pasará. La vida sigue.

Gracias por todas las épocas vividas. Por hacerme feliz. Debo reconciliarme con ellas y su recuerdo para vivir mis propias épocas con lo que el destino me tenga preparado. Sin ti.

"Y casi te olvido.
Mañana volveré a intentarlo".

SOLEDAD

Un estado de aislamiento o
Reclusión a ratos perfecto.

Soledad, al igual que melancolía, también es una señora. Es fría como un témpano de hielo y no le gusta ir a la peluquería. Es descuidada y su melena siempre está despeinada. A veces la buscamos y nos aferramos a ella sea cual sea el motivo. En otras ocasiones, como en mi caso, nos la encontramos de frente sin haberla llamado. La soledad desespera y es peligrosa cuando, para evitarla, se nos ocurre ir en busca de *cualquier* compañía solo por no sentirnos solos. Porque el simple hecho de estar con alguien, aunque no nos convenga, nos puede hacer sentir bien. Cuando estamos cegados por la tristeza de la soledad no nos damos cuenta de nada. Nos arrebata el poder de la intuición. Solo el tiempo es el que nos enseña a ser un poquito más pacientes como lo estoy siendo yo ahora. Si no, te aseguro que a lo mejor me hubiera ido con el guaperas que ha pasado hoy por mi lado y me ha guiñado un ojo. O con el conductor del autobús que lleva un año tirándome los trastos. A lo mejor hubiera llamado a Santi, un ex compañero del colegio que siempre estuvo colado por mí. Señora soledad nos hace cometer muchas tonterías que, a veces, es mejor saber evitar. No desesperarnos y aprender a convivir con ella. Pero no le demos mucha confianza; se aprovecha de nosotros. Se convierte en un vicio.

En mi opinión, hay dos tipos de soledad. La buscada y la impuesta. Cuando estaba contigo, Diego, nunca necesité ir en busca de la soledad para encontrarme conmigo misma. Tú me convertiste en la mejor versión de lo que podía ser. Por ejemplo: me obligaste a hacer deporte y a comer saludablemente. Dejé de fumar aunque estoy pensando seriamente en volver. Gracias a ti, empecé a tener más paciencia, sobre todo con mi madre, con quien, como ya sabes, no tengo buena relación. No es mala persona, pero me desquicia. A lo largo de los seis años que estuve contigo, discutí mucho menos con ella. Ella te adoraba. Eso lo sabes, ¿verdad? Quiero aclarar que no es que me convirtieras en mejor persona ni nada por el estilo, pero contigo me sentía mejor conmigo misma. Bueno, diciéndolo así, parece muy egoísta por mi parte. No me agobiabas casi nunca. Me dabas ese espacio que toda persona necesita, sobre todo cuando mi trabajo requería de mi concentración total y absoluta y también de soledad. Esa soledad que ahora me mata poco a poco.

Estos últimos tres meses han sido muy solitarios. Señora soledad me ha acompañado las veinticuatro horas del día porque yo lo decidí así. Y mi entorno lo ha respetado. Hay personas que tienen la necesidad de desahogarse y contar sus penas a sus amigos, familiares o incluso a simples desconocidos, como hago yo ahora en la consulta de la psicóloga de la que ya te he hablado. Seguro que ahora mismo, mientras leo, ella sonríe. Le hace gracia que la mencione en alguno de estos textos que me obliga a escribir como terapia.

Yo nunca tuve la necesidad de contarle mi vida íntima a nadie. Me bastaba con tumbarme en la cama, dejar que las lágrimas invadieran mis mejillas y ver la luz del sol desde la ventana. Encerrada en casa las veinticuatro horas del día. Sueno tan dramática... Perdona, Diego, te parecerá una idiotez escuchar mis pensamientos.

Señora soledad siempre está triste. Y hace que yo también lo esté. Así que voy a intentar recordar algún momento que me haga reír y que si lo leyeras, también te haría reír a ti. O no... carecías de sentido del humor, perdona que te lo diga.

"La soledad no es aquello que
sucede cuando estás solo,
sino aquello que sientes
cuando no puedes estar
contigo mismo".
(Osho)

Nuestro primer verano juntos. ¿Lo recuerdas? Hay gente torpe. Y luego estás tú. Muy, muy torpe... —Yo no soy torpe —me decías, cada vez que me reía de ti. O contigo. Da igual.

Fuimos a la playa de Canet de Mar. Había muchas olas pero, aun así, te adentraste en el mar con un bañador horroroso de florecitas. Decías que estaban de moda. Yo no lo veía tan claro. Al querer salir, las olas pudieron contigo y lo que puede parecer un drama, hizo reír a media playa.

Fui a ayudarte, pero no hubo manera. Tampoco me esforcé demasiado, lo reconozco. Las olas seguían arrastrándote más y más hacia la orilla de la playa. Tú intentabas salir y siempre acababas tirado en la arena. Parecías una croqueta. Después de unos fatigosos minutos en los que imagino que no fue una fiesta para ti, la fuerza de una ola hizo que el bañador se te saliera y acabases completamente

41

desnudo. Cuando conseguiste llegar a la orilla, suspiraste sin saber que no llevabas puesto el bañador. Bendita ola. A ella tampoco le gustaba. Míralo por el lado bueno, ya te he dicho que era horrible.

—¿De qué te ríes? ¡Casi me muero! —gritaste en tono dramático.

Los niños de al lado, escandalizados, reían sin poder parar.

—Es que... —traté de explicarte.

Pero no hizo falta. Miraste hacia abajo y viste que tu bañador de florecitas había desaparecido en las profundidades del mar.

—¡Mierda!

Corriste hasta la toalla, la cogiste llena de arena y te la colocaste cubriendo tus partes íntimas. Estabas rojo como un tomate y el contacto de la arena con el agua salada del mar te provocó un molesto picor del que no pudiste deshacerte en dos días. Lo entiendo, Diego. Entiendo que desde aquel suceso odiaras ir a la playa. Y para más inri, el sol quemó tu piel. Lo peor de todo fue que te dormiste con la mano sobre tu barriga y no hace falta que te recuerde lo que sucedió. Sí, lo siento. Sigo riéndome, no lo puedo evitar.

El resto del verano decidimos ir a piscinas donde no tenías el peligro de volver a ser arrastrado por las olas. Por supuesto, compraste una crema solar Factor 100 y vigilabas mucho tu pose al dormir. Te compraste otro bañador. De cuadros. Muy feo. La piscina también tenía su parte negativa para ti, claro. Detestabas que los niños se lanzasen en bomba y te salpicaran justo en el momento en el que entrabas despacito en la piscina por el lado de las escaleras. Siempre has sido muy precavido y poco aventurero. ¡Oye! A lo mejor señora soledad también está tratando de decirme algo:

«Necesitas a alguien a quien le emocione la aventura... a quien le entusiasme VIVIR. VIVIR en mayúsculas. Alguien que se ría de sus propias desgracias, de sí mismo. Alguien que sea más especial que Diego», me susurra señora soledad bajito... muy bajito...

Y yo la escucho con una sonrisa en mis labios.

Volviendo al tema de la soledad, siempre he pensado que realmente todos estamos solos. Acabamos solos. Nadie nos va a hacer compañía en nuestra tumba cuando hayamos muerto. Es por eso que en vida necesitemos a alguien a nuestro lado. El ser humano no puede estar solo, aunque muchos digan que la soledad puede convertirse en un bien preciado. En una droga. Desde luego, no en mi caso... la odio.

"Solía pensar que la peor cosa
en la vida era terminar solo.
No lo es.
Lo peor de la vida

es terminar con alguien
que te hace sentir solo".
(Robin Williams)

Como ya te he dicho, Diego, contigo nunca supe lo que era la soledad. Pero ahora, si echo la vista atrás, sé que los últimos meses a tu lado sí fueron solitarios. Aunque no lo vi. ¿Cómo pude estar tan ciega? He trabajado mucho en este último año. Varios encargos, muchas prisas, agobio, reuniones... Sin tiempo para nada. Mientras tanto, tú estabas conociendo a otra mujer. Y yo no me enteré de nada. Soledad vino a visitarme estando contigo y no me di cuenta. Ahora me siento tan estúpida de nuevo al percatarme de esto mientras escribo sobre señora soledad... Dime, ¿ella saca lo mejor de ti? ¿Te ha convertido en la mejor versión de ti mismo? Ahora mismo no estoy segura de nada. Ni siquiera de que nuestros seis años de relación fueran reales. Ni siquiera estoy segura de que tú, en algún momento de lo nuestro, desearas realmente casarte conmigo.

—Me asusté, Emma. Nunca creí que fueras el amor de mi vida, pero insististe tanto en que nos casáramos... me sabía mal romperte la ilusión. No pude seguir con la mentira. No pude seguir contigo porque nunca consideré que estaríamos juntos para siempre.

Me hablas. A veces me hablas en sueños. Vienes a verme, tan guapo y tan alto como siempre. Menos torpe. Y feliz, te veo feliz. Pero yo no sonrío

44

porque la realidad sigue doliéndome en el alma. Hubiera preferido que me rompieras la ilusión antes que el corazón. Con el tiempo, es mejor una verdad dolorosa que una mentira útil. Y no voy a culparme. No voy a pensar que te enamoraste de otra mujer porque yo estuve durante mucho tiempo ocupada por mi trabajo. No voy a pensar que, a lo mejor, yo te hice sentir solo a ti. No voy a comerme más la cabeza, de verdad que no. Yo no tengo la culpa.

No sé qué más decirte hoy, Diego. Me he reído un poco a pesar de esta soledad que, en el fondo, no veo tan mal. La veo necesaria. Porque para amar hay que emprender un trabajo interior que solo la soledad hace posible. Y sé que volveré a amar. Y volveré a sentirme amada en otros brazos. En otra mirada. En otras caricias.

Sí, Diego. Después de todo, creo que voy viendo una pequeña salida. Aún es pequeñita, pero esta soledad me está ayudando a ser más fuerte y a conocerme mejor a mí misma.

"Siempre hay un poco de verdad
en cada «es broma».
Una pequeña mentira en cada
«no me importa».
Y un poco de dolor en cada
«estoy bien»".

45

EFÍMERO

Aquello que dura por un período
muy corto de tiempo.

Efímero. Suena como muy bien, ¿verdad? Y, sin embargo, es una palabra triste. Su significado lo es. Cuando escucho la palabra efímero, pienso en algo bonito que se esfumó con el tiempo. En lo rápido que pasa todo cuando estamos bien, a gusto, con la persona que queremos. En lo efímero de la vida y de los momentos que merecen la pena.

"Saber proponer lo efímero,
se ha convertido en una de las mayores
virtudes de nuestro tiempo".
(Pierre Sansot)

Efímero me recuerda a nuestros viajes, Diego. ¡Fueron preciosos! E intensos, como dicen que todo lo efímero debe ser. Y, aunque seguías teniendo tus traumas con el mar, sus olas y la arena, dijiste sí a un idílico viaje a Tailandia en el mes de septiembre. Solo llevábamos saliendo unos meses juntos y fue nuestro primer viaje. El mejor de mi vida. Y no porque estuviéramos en el paraíso; fue el mejor porque estaba contigo.

Yo seguía con mi afición. Contemplar todos los atardeceres posibles. Y en Tailandia eran muy especiales. Aún no había llegado el momento en el que reconocieras que te aburrían. Después de conocer diversas playas tailandesas, elegí mi preferida: la playa Mae Nam, situada en la gran y desarrollada isla Koh Samui.

Encontramos una cabaña a buen precio — siempre fuiste un poco tacaño— y nos quedamos varios días. Es por eso que le cogí cariño a esa playa. A ese mar. A ese cielo. Todo tan efímero como el juego de colores del cielo de nuestros atardeceres compartidos.

Vinieron más viajes. Aprovechábamos fines de semana y puentes; cualquier excusa era buena para escaparnos unos días y parecíamos compartir la misma afición de visitar otros lugares.

Luego, simplemente, nos acostumbramos a una rutina aburrida en el sofá de casa. Nos hicimos más hogareños. Mayores antes de tiempo con la excusa de ahorrar por un futuro seguro y estable. Permíteme que me ría. Que suelte una carcajada. Si algo sé desde que te fuiste, es que el futuro no existe y hay que vivir el momento. Me alegra haberlo vivido, pero me arrepiento por no haber sabido disfrutar todos y cada uno de los momentos. De principio a fin.

Con el tiempo, me di cuenta de lo diferentes que éramos y ahora sé que no estábamos *tan* hechos el uno para el otro como quería creer, auto convenciéndome de que estabas destinado para mí. Tú siempre has sido más de asfalto y edificios altos e imponentes. Yo de mar y montaña. Tú de conversaciones serias. Yo de risas y bromas. Tú de sofá y películas en versión original. Yo de paseos sobre la arena. Tú de literatura histórica. Yo de literatura fantástica. Tú de pensar en el futuro. Yo de vivir el momento. Tú de mirar hacia abajo. Yo de mirar hacia arriba. Tú de ver el lado malo de las cosas. Yo de ver el lado bueno e intentar ser positiva. Tú de soñar cuando duermes. Yo de soñar cuando estoy despierta. Tú de hacer la cama. Yo de dejarla por hacer. Tú de escribir frente a un ordenador. Yo a mano, aunque mi letra sea ininteligible. Tú de no creer en la magia. Yo de creer que todo es posible.

"La efímera felicidad

del instante, deja sabores que perduran".

Y entre tantos «tú» y «yo», me pierdo, Diego. Espero que hayas encontrado a alguien como tú. Más cerebral, más sensata... alguien a quien le guste una conversación tranquila y seria sin tantas bromas o carcajadas; alguien que sufra realmente por ti cuando estés a punto de ahogarte en el mar, aunque sea en la orilla. No alguien que se ría y no haga el más mínimo esfuerzo por ayudarte aunque lo intente disimular. Alguien que ahorre por ese futuro en el que tú siempre piensas. Alguien menos alocado y más sensato. Sin tantos dramas. Menos romántico, más cerebral. Que no tenga pajaritos en la cabeza. Yo, sin embargo, seguiré sin dinero, pero viajando. Aunque sea sola, no me importa. Seguiré siendo alocada y me seguiré riendo de todo y por todo. Y JAMÁS volveré a ver una película india, dejándome la vista en los subtítulos, solo porque creas que así somos más intelectuales. Diego, lo siento, pero siempre fuiste un poco pedante.

Efímera es una estrella fugaz. Me asomo al balcón del apartamento donde hasta hace poco tú también vivías y, entre tanta contaminación, logro ver una estrella fugaz. Como las muchas que vimos en Tailandia. Pido un deseo. No lo voy a decir, por si luego no se cumple.

Vuelvo a ser supersticiosa porque a ti te daba rabia que lo fuera. Ya da igual, no estás. Y no estarás. Voy a hacer de mi vida, una vida llena de preciosos momentos efímeros. Voy a salir de esa cama en la que he estado recluida tres meses y, con el tiempo, voy a conocer a alguien. No será pedante. A lo mejor no será tan guapo. Sí, un poquito torpe como tú para que pueda reírme de vez en cuando. Será encantador. Le apasionará viajar y cometer locuras. Se enamorará de cada atardecer. Adorará el mar, aunque acabe pringado de arena. Y pensará que soy la mujer con la que quiere compartir el resto de su vida.

***

Silvia interrumpe mi lectura sobre la palabra efímero. En realidad ya he acabado mi relato, pero ella aún no lo sabe. Me mira sonriendo; parece contenta.

—Noto un cambio en ti, Emma. Le dices a Diego que es un pedante —ríe—. Y aunque sigue doliendo, estás viendo una salida. Estás siendo muy positiva y esto te traerá grandes satisfacciones. ¿Lo ves? ¿Te estás dando cuenta? —Asentí—. Vuelves a pensar en la posibilidad de compartir tu vida con otra persona pero, antes, debes aprender a estar sola.

—Creo que he aprendido a estar sola —objeté, un poco molesta.

—Yo no lo veo así, Emma —respondió Silvia con sinceridad—. A simple vista, pareces una persona que necesita tener pareja para sentirte completa. Pero hasta que no aprendas a vivir bien contigo misma en soledad, no es conveniente que...

—Lo sé, lo sé... —la interrumpí. No me apetecía recibir un sermón—. No estoy acostumbrada a estar sola, pero no me iré con el primero que pase. Ya lo he expuesto en el relato. Creo que me he vuelto exigente. Muy exigente —confieso.

—Quieres lo contrario de lo que era Diego.

—Puede ser... —dudé.

—Eso parece, por lo que has escrito —dijo Silvia, torciendo la boca y apuntando algo en su inseparable libreta.

—Empiezo a darme cuenta de que Diego no era tan fantástico como lo veía cuando estaba conmigo —añadí, mirando por la ventana para no tener que enfrentarme a una mirada que parecía querer leerme la mente.

—Eso está bien. No idealizar a la persona que te ha abandonado. —Y, sin saber por qué, escuchar ese «te ha abandonado» de los labios de la psicóloga, me fastidió enormemente.

—Exacto. Y a lo de exigente no me refiero encontrar a alguien que no se parezca a Diego. Es decir... no tengo un prototipo ideal de hombre. Creo en el destino. —Silvia asintió sonriendo—. Y quien tenga que llegar, pues llegará.

—Ya, ya... muy bien. Puedes seguir, por favor.

—En realidad, esto es todo sobre efímero —
dije. Silvia rio.

—Ha sido efímero. Pero me ha gustado. Te voy
a proponer la quinta palabra: compasión. Nos queda
poco, Emma. Vamos por el buen camino.

¿Íbamos por el buen camino? Cada palabra
parecía alejarme más de Diego y, sin embargo, al
escribirlas, me acercaba más. Y más. Y más...

"En este mundo efímero, también
los espantapájaros tienen ojos y nariz".

(Masaoka Shiki)

COMPASIÓN

Sentimiento de pena, de ternura y de
identificación ante los males de alguien.

Compasión. No sé ni por dónde empezar.
Nunca me ha gustado que se compadecieran de mí.
Imagino que el orgullo siempre es más fuerte; tiene
más poder. La compasión, sin embargo, es una
bonita facultad del alma hacia personas que
realmente la necesitan. Hoy he ido en metro y me he
compadecido de una mujer que pedía algo de dinero
para darle de comer a su hijo. Se lo he dado con
mucho gusto porque veía en sus palabras verdad y en
su mirada tristeza. La compasión es necesaria en el
mundo y, sin embargo, Diego, tú siempre has
carecido de ella. Para empezar, no mostraste ni un
ápice de compasión por mí el día que murió mi
abuela.

—Es ley de vida —soltaste fríamente.

Pero yo estaba enamorada de ti y te di la razón tristemente. Cuando te fuiste, no me diste explicaciones. No tuviste en cuenta mis lágrimas. No tuviste corazón. Como si en tu memoria se hubieran borrado los recuerdos que teníamos de una vida juntos. Porque sí, seis años pueden ser una vida; fueron mi vida. No toda, pero sí parte de ella. Y siento ser pesada con el momento de la despedida. Tú quizá no pienses en ese momento; yo sí. Aún escucho el portazo que le diste a la puerta. Ese instante me marcó porque sabía que no volverías a entrar. Que no volverías a estar conmigo. Y yo no besaría nunca más tus labios. Aunque para ti, creo, nada de eso tenía importancia. Te imagino pensando: «Lo superará. Y si no vuelve a saber nada de mí, mejor. La puerta está cerrada.»

Te imagino viéndome por la calle y cambiando de acera. Pero podría verte perfectamente porque siempre estoy atenta cuando paso por lugares que tú solías frecuentar. Pese a mis esfuerzos, nunca te veo. He decidido no volver a intentarlo y seguir viviendo sin obsesionarme. Parezco una trastornada visto de esta forma. Pero ¿sabes? Por una parte me gustaría verte y aún deseo que me des algún tipo de explicación. Nunca pasará, ¿verdad? ¿Para qué? Eso es lo que tú debes pensar. Para qué.

"La compasión es la puerta que
nos lleva a comprender que

54

«el otro» no está separado de mí.
Todos somos parte
del mismo espíritu".

Los primeros tres meses desde que me dejaste, sentí compasión por mí misma.

—¡Pobre de mí! Acabaré sola con seis gatos... o siete. Ocho... Nueve, mi número preferido. ¡SOLA CON NUEVE GATOS!

Lloraba y escondía mi cabeza bajo la almohada. Y volvía a llorar y pensaba en ti, Diego. De ti solo me quedaban los recuerdos y, en esos momentos, dolía. Ahora solo siento compasión por personas a las que podría ayudar. Personas que pasan por situaciones difíciles y tristes de verdad. Tu abandono solo ha sido una transición; una piedra en el camino. Y algún día, con todas esas piedrecitas, construiré mi propio castillo. Sí, lo siento, Diego. Sé que odias escuchar estas «cositas» fantasiosas y que sueñe despierta. Que sea una «ñoña». Pues te voy a decir algo. Voy a soñar despierta. ¡Mucho! Porque no vas a estar tú para decirme que no puedo hacerlo.

"Dicen que cada molécula de
nuestro cuerpo perteneció alguna vez
a una estrella.
Quizá no me esté yendo,
quizá esté volviendo a casa".
(Gattaca)

Soy humana. He cometido muchos errores, pero sé reconocerlos.

Compasión me ha incitado a seguir nombrando tus defectos. Esos que antes no veía y que ahora, cada vez, se hacen más patentes. Como si sirviera de algo. Cuando nos fuimos a vivir juntos, recuerdo que sentí compasión por un perrito que estaba abandonado en la calle.

—¿Por qué no lo adoptamos? —propuse, mientras le daba algo de comer.

—¿Qué dices? Ahora estamos con las mudanzas, sería un lío. Pelos por todas partes, sacarlo a pasear por la mañana, por la tarde, por la noche... no, no, no...

—Lo sacaré a pasear yo —insistí.

—Te conozco y me tocará pasearlo a mí la mayoría de las veces. He dicho que no. Además tendríamos que ir al veterinario, desparasitarlo, vacunarlo, ponerle el chip... una pasta. No.

Yo sabía que cuando decías «no», era «no». Y nada haría hacerte cambiar de opinión, pero esos ojitos me estaban pidiendo ayuda.

—Por favor... te prometo que...

—No.

Ese «no» rotundo me hizo sentir muy mal. ¿Qué fue de aquel perrito al que no quisiste ayudar? La compasión que sentí por el perro abandonado me hizo llorar, cuando en realidad era la época más feliz de mi vida. Hoy lo hubiera llevado conmigo sin hacerte caso. Sin pedirte opinión.

Teníamos planes, íbamos a compartir una vida en común y, más adelante, llegaría la boda y los niños... ¡Los niños! Pero ahora pienso: ¿hubieras sido un buen padre? Perdóname, pero no, no lo creo. Ni siquiera creo que quieras ser padre. Eres demasiado egoísta, Diego. Al principio no lo vi. Los primeros años de relación fueron idílicos. De ensueño. Nuestras primeras citas, la manera en la que te declaraste, cómo me mirabas... todo era perfecto. Eras dulce y cariñoso. Pero luego todo cambió. Te mostraste tal y como eras y, aunque sí sentías cierta compasión por sucesos dramáticos que acontecían el mundo, no la tenías por las situaciones más cercanas. Y de eso se trata, Diego.

A veces imagino que vuelves con un ramo de flores. A menudo me regalabas flores, pero ¿sabes lo que pienso ahora? Que cada flor era señal de algo que debía perdonarte y que jamás me dirías. Ahora empiezo a pensar que fuiste infiel todas las veces que quisiste hasta que la vida te sorprendió y llegó alguien que logró conquistarte. Que te robó el corazón y te gustó más que yo. Visto así, hasta me parece bonito, fíjate. Me alegro por ti. No sé cuánto tardaste en conseguir el valor suficiente para dejarme, pero hoy me compadezco de ti. Siento compasión por todo lo que tuviste que callar. Por todos los secretos que tuviste que guardar para no herirme. Dime, ¿podías dormir tranquilo por las noches? ¿No te estresaba la situación? ¿Cuántas valerianas al día tomabas?

"No creo que existan reglas
sobre los asuntos del amor
y la cantidad de compasión
que conllevan".
(Arthur Miller)

Y, sin embargo, yo seguía viviendo feliz. Organizando nuestra boda en la que tú no querías involucrarte mucho ni opinar, porque deseabas que fuera tal y como yo soñaba.

—Es peligroso llevarle la contraria a una mujer —bromeabas, mientras leías una de esas novelas históricas que tanto te gustaban.

—Pero me gustaría que opinaras... no sé.

—Las ocho. Llego tarde... tengo que terminar unos planos con Ignacio. —Miraste el reloj. Te levantaste precipitadamente del sofá y te pusiste la chaqueta—. No me esperes levantada, Emma.

—¿Cuándo va a acabar ese proyecto? —te pregunté, pensando en que tampoco me iba demasiado mal que trabajaras hasta las tantas; yo también lo tenía que hacer y la noche me inspiraba para que las ilustraciones infantiles en las que estaba trabajando resultaran mágicas.

—Un mes... dos meses. No lo sé, estamos hasta arriba de trabajo —respondiste, como siempre, desde el umbral de la puerta sin darme un beso de despedida.

No lo vi al principio. Cuando me dejaste. A lo largo de estos tres meses tampoco lo vi claro. Es ahora, con estas palabras, cuando me doy cuenta de lo que pasaba. Y sigo sintiendo compasión por ti. No por mí. Ya no. Y por fin puedo decir:

—De menuda me libré.

Y ojalá pudiera decírselo a todo el mundo. Que fuiste infiel. Que mientras estabas conmigo, estabas con Ella. Con la elegida. Y vuelvo a sentir compasión. Ahora por ella. Por si algún día le haces lo mismo. Por si ahora todo es maravilloso y después descubre cómo eres realmente. ¿Quién le garantiza a ella que no lo volverás a hacer? Nadie. Ojalá la conociera para podérselo advertir.

"Abrir los ojos duele...
pero es un dolor muy necesario".

Me estoy desviando del tema. De la palabra compasión. Lo sé, pero me estoy emocionando.

Verás, esa noche la recuerdo bien porque cuando llegaste, yo todavía estaba despierta. Trabajando. El reloj marcaba las tres y media de la madrugada y te aseguraste de abrocharte el último botón de la camisa. Recuerdo que esa noche intuí un aroma diferente al tuyo, pero inocente de mí, pensaba que sería el perfume de Ignacio. «Muy femenino», pensé. Pero siempre había creído que

Ignacio no tenía unos gustos muy masculinos, precisamente, así que no me preocupé ni le di más importancia.

—Estoy muerto... me voy a dormir —te quejaste, somnoliento, poniendo los ojos en blanco.

—¿Ni siquiera me vas a dar un beso? —te pregunté.

—Me huele mal el aliento.

Fuiste al cuarto de baño, te lavaste los dientes, te pusiste el pijama y te fuiste a la cama. Media hora más tarde fui yo y no pude dormir en toda la noche. Supongo que algo percibía, pero te quería demasiado y no lo quería ver. Sí, siento compasión por mi «yo» del pasado. Si pudiera volver atrás y encontrarme conmigo misma, me hubiera puesto en alerta. Por supuesto te habría dejado y la gente, compasiva por naturaleza, diría: «Pobrecito».

"Una desilusión no es más
que una situación que te ayuda
a salir del lugar incorrecto"

***

—Me sorprende mucho hasta dónde hemos llegado con esta palabra, Emma —comentó Silvia—. ¿Por qué no has mencionado nada anteriormente sobre la infidelidad?

—Porque estaba ciega. Escribir está siendo una terapia muy reveladora. Me ha hecho abrir los ojos de golpe y darme cuenta de pequeños detalles que no tenía en cuenta. Que no veía o no quería ver, hasta que he recordado lo que parecía invisible —le expliqué apenada.

—Seguimos por el buen camino. Nos faltan cinco palabras. Esta me gusta mucho.

—¿Cuál es? —quise saber, ansiosa por descubrirla.

—Ojalá. ¿Qué te inspira?

—Desgraciadamente, lo primero que me viene a la cabeza es: «ojalá lo vuelva a ver.»

—Vaya. Un paso hacia atrás —negó Silvia, apartando un mechón de su frente—. No pasa nada. A ver qué sale. Nos vemos la semana que viene.

—Sí, el miércoles a las seis.

—Cuídate, Emma. Y sigue abriendo los ojos, a ver qué sale. A ver cómo sigue la historia.

La historia... tan diferente a cómo la veía cuando la vivía.

OJALÁ

*Denota vivo deseo de que
suceda algo.*

Ojalá. Es una palabra que me da miedo. Me da miedo escribir sobre ella, porque mi mente empieza a volar y a imaginar. Frente al espejo, sigo hablándote. Como si algún día pudiera tener la ocasión de decirte todas estas palabras a la cara. Como si algún día esta conversación se hiciera realidad. También bailo, como si me estuvieras mirando. Y también canto. Canto nuestra canción. ¿Recuerdas cuál era? Seguramente no, pero ahora la letra de *El primer día del resto de mi vida* de *La Oreja de Van Gogh*, cobra más sentido que nunca.

*Te quise como a nada más, como al respirar,
te quise como el fuego al viento en una noche de San Juan.
Y ahora que me voy me das la luna sobre el mar,*

ahora que no hay más destino que el camino en
soledad.
Ya queda poco por decir, y poco para recordar,
que llora el río cuando pasa porque nunca volverá.

Las lágrimas que saben más amargas
son las que llevan dentro las palabras
que se quedaron en tu corazón.

La noche siempre trae algún consejo,
pero el silencio aviva los remordimientos.
Yo fui en tu vida un baile sin canción.

Y ahora que te digo «adiós», y se abren mis alas
me pides perdón.

Como si fuera un presagio de lo que iba a suceder, de cómo íbamos a acabar. ¿No podríamos haber tenido una canción con un final feliz? ¿Qué canción tienes con ella? ¿La has encontrado ya? Nosotros tardamos cuatro años en encontrarla, no le dabas mucha importancia a ese *insignificante* detalle. A lo mejor ella es tan madura como tú y tampoco tiene en cuenta esos detalles; ese *algo* bonito que tiene una canción que le pertenezca a una pareja.

Ojalá. Ojalá me toque la lotería. Ojalá pudiera comerme una pizza entera sin que se me acumule en las cartucheras. Ojalá no me salga nunca una cana ni una arruga. Ojalá fuera rubia natural. Ojalá en la vida todo fuera tan fácil como engordar. Ojalá te quedes calvo. Ojalá ella se dé cuenta que no eres tan perfecto como aparentas. Ojalá te des cuenta algún día que, al perderme, también perdiste una parte de ti mismo. Ojalá me eches de menos. Ojalá me escribas. Pronto o algún día, da igual. Cuando aún te necesite. Ojalá encuentre pronto a alguien. No pido que sea mejor que tú ni diferente. Simplemente que sea alguien con principios. Alguien que se muestre tal y como es. Que no mienta. Y que me mire a los ojos como lo hacías tú al principio de lo nuestro.

"Ojalá coincidamos en otras vidas
ya no tan tercos. Ya no tan jóvenes.
Ya no tan ciegos ni tan testarudos,
ya sin razones sino pasiones,
ya sin orgullo ni pretensiones...
ojalá".

Hasta no hace mucho, tú estabas en este sofá donde ahora me encuentro sola. Escribiéndote. Aquí leías, veías la televisión, hablabas por teléfono, mirabas tu móvil... Antes hablábamos. Al principio. Hablábamos hasta las tantas de la madrugada, ¿te acuerdas? Nos sentábamos aquí, nos mirábamos fijamente a los ojos e iniciábamos una conversación que podía llevarnos a temas de lo más insólitos.

—¿Imaginas que aquí, ahora, esté sucediendo a la vez otra cosa distinta? —me preguntabas intrigado. Eran las cuatro de la mañana, cualquier tontería podía surgir.

—No te pillo.

—La teoría de las cuerdas. Es muy interesante. Te cuento. Tú y yo estamos hablando, pero podríamos haber elegido ver la tele, por ejemplo. Entonces, otros «tú» y «yo», estarían viendo la tele en vez de hablando que es la realidad que conocemos. Pero voy a ir más allá. Hace años. Los inquilinos de este apartamento. ¿Quién te dice a ti que no siguen viviendo en este lugar, en otro mundo paralelo que no vivimos ni podemos ver? En ese mundo paralelo, decidieron quedarse y tú y yo estaríamos en otro lugar. ¿Entiendes?

—Creo que me voy a dormir... —dije riéndome.

Puede ser que no me interesaran esos temas. Que no creyera en ellos ni en ti. Puede que te aburrieras y buscaras en otra mujer esa inteligencia y afición por lo sobrenatural. Puede ser... y ojalá te haya ido bien. Pienso sobre ese tema: mundos paralelos. ¿Qué es lo que estaría haciendo mi otro «yo», si no decidiera estar escribiéndote sentada en el sofá? Cierro los ojos e imagino... también pienso qué estarías haciendo tú en casa si no te hubieses ido. Pienso en ese otro «tú» que se quedó y que seguramente estaría mirando qué fotografías suben sus amigos en *Instagram*. ¿Sabes? Voy a levantarme del sofá y a dejar de pensar en lo que estarían haciendo otros «yo» más animados y alegres. Me encantan los atardeceres en la playa en primavera, así que te voy a llevar conmigo y nos vamos a sentar sobre la arena que te pringa y tanto detestas solo por fastidiarte un poquito. Y te voy a escribir desde allí. Y me voy a reír al ver las olas, porque te voy a recordar cayéndote una y otra vez, revolcándote por la orilla y perdiendo tu ridículo bañador de florecitas.

"Ojalá nunca me faltes.
Pero si me faltas, espero no extrañarte,
y si te extraño espero no buscarte.
Y si te busco, espero no encontrarte...
Y si te encuentro, nunca vuelvas a faltarme".

***

Las decisiones que tomamos, por muy pequeñas que sean, son las que marcan y cambian el rumbo de nuestro destino. Mi otro «yo», se quedó escribiendo a Diego en el sofá. Y «yo», volviendo a ser más «yo» que nunca, decidí coger la libretita, el bolígrafo y respirar la brisa marina a orillas del mar. Me senté sobre la arena y, sin prestar atención a la libreta que llevaba conmigo, me dejé llevar por un nuevo atardecer. ¿Cuántos me había perdido durante esos tres meses de clausura? Muchos. Había desperdiciado el valioso tiempo que nunca vuelve.

El viento acariciaba mi cara y despeinaba mi cabello. Al fin sentía paz, calma... incluso felicidad.

Respiré hondo varias veces y en ningún momento deseé que Diego estuviera a mi lado. No me hizo falta. Ni siquiera seguir escribiendo sobre la palabra ojalá, porque tenía todo lo que me hacía falta. Aire en mis pulmones para respirar, una estupenda visión para contemplar la belleza del paisaje y tacto en mi piel para acariciar la arena sobre la que estaba sentada y sentir su rugosidad.

Y entonces, cuando más concentrada estaba en mí misma y mis pensamientos, apareció «él».

—¿Escritora? —quiso saber el desconocido, señalando mi libreta—. ¿Puedo? —Se sentó a mi lado.

Lo miré desconcertada, como si la situación no fuera conmigo. Como si el desconocido no me estuviera hablando a mí. Pero sus ojos color miel me interrogaban. Sus labios me sonreían. Retiró un mechón castaño de su frente y achinó los ojos, pensando que, probablemente, se había acercado a una estúpida que se limitaba a mirarlo fijamente sin hablarle.

—Me encanta venir a la playa a contemplar el atardecer —dijo, apartando la vista de mí y mirando hacia el infinito.

Me pareció el hombre más guapo del universo, sobre todo cuando el sol, a punto de despedirse de nosotros, adornó con sus débiles rayos la mirada y el rostro del desconocido de una forma maravillosa y mágica. Mi otro «yo» sentado en el sofá estaría maldiciendo su suerte.

—A mí también —murmuré—. Creo que es el mejor momento del día.

—¿Cómo te llamas?

—Emma —respondí sonriendo.

—Pablo

¡El desconocido al fin tenía nombre!

—Y no soy escritora. Soy ilustradora infantil —le corregí, cogiendo la libreta.

—Qué bueno. Yo también soy ilustrador.

—¿Sí?

«Qué feliz casualidad», pensé. Muy pocas eran las ocasiones en las que había coincidido con alguien que se dedicara a lo mismo que yo. Y fue cuando vino a mi mente el nombre del famoso ilustrador Pablo Durán, de quien nadie conocía su rostro, pero sí sus populares y buenísimas ilustraciones que habían recorrido mundo.

—¿No serás por casualidad Pablo Durán? —me atreví a preguntar. Pablo rio tímidamente y bajó la mirada.

—Sí... —respondió en un murmullo.

—Admiro tu obra. Mucho —me entusiasmé—. Pero no quiero parecer una fan ni nada por el estilo —rio aún más. Y yo con él.

—Gracias. Me encantará ver tus ilustraciones.

—Claro, cuando quieras.

Para mí eso era algo extraordinario. Como para un actor trabajar con su ídolo.

En silencio, contemplamos el atardecer y, cuando el sol desapareció y el cielo empezó a oscurecer, Pablo se levantó y me tendió su mano para que yo hiciera lo mismo. Tenía una mano fuerte y áspera. Me pareció muy agradable. Protectora.

—¿Quieres ir a tomar una cerveza? —sugirió. Por supuesto, dije que sí.

"Eres la casualidad
más bonita que llegó
a mi vida".

***

Y, aunque no lo parezca, voy a seguir hablándote a ti, Diego. Pero en esta ocasión como si fueras un amigo. Un confidente. ¿Sabes? Ojalá me llame. Ojalá le haya gustado tanto como a mí me ha gustado él. Se llama Pablo y es un hombre increíble. Al contrario que a ti, le encanta —de verdad y no por compromiso—, contemplar el atardecer en la playa. Ha sido lo más maravilloso que me ha sucedido desde aquel día de lluvia en el que nos conocimos en el aeropuerto del Prat y discutimos por un taxi. Y debo reconocer que ha sido una manera más bonita de conocer a alguien: contemplando un atardecer en la playa. Sin discusiones, lluvia, ni rostros malhumorados.

Nos hemos ido a tomar una cerveza a la Plaza Real. La gente iba muy bien vestida; nosotros llevábamos tejanos y unas camisas un poco desgastadas. No esperábamos conocernos, supongo.

No salimos de casa pensando que, ese día, tendríamos una primera cita con alguien a quien aún no conocíamos. Y aunque puedas pensar lo contrario, porque siempre has sido muy desconfiado, no, no lo hace con todas. No se ha acercado nunca a una mujer desconocida en la playa o en la calle a hablarle. Y dirías:

—Sí, claro... ¿Qué te va a decir? No seas inocente, Emma.

No vi que tú me mentías. Pero sí he visto en él que ha sido sincero. Simplemente, me ha visto triste y se ha sentido identificado conmigo porque, al igual que yo, a Pablo también lo han abandonado recientemente. Su novia, con la que llevaba diez años, le dijo de la noche a la mañana que ya no le quería y que había encontrado a otro hombre. Así que Pablo y yo, dos ilustradores que han sido abandonados, nos reímos de nuestra mala suerte. O buena, quién sabe. Por supuesto, también nos hemos reído un buen rato de lo que os habéis perdido. Tú, Diego. Y Alejandra, la novia de Pablo.

> "Ojalá podamos tener el coraje
> de estar solos
> y la valentía de arriesgarnos
> a estar juntos".
> *(Eduardo Galeano)*

Hemos hablado de trabajo. A ambos nos apasiona la ilustración y te aseguro que él hace magia sobre el papel. ¡Creo que te hablé de él en más de una ocasión! Estuvimos a punto de ir a una exposición suya en el Raval pero, para variar, decidiste que lo mejor era quedarse en casa viendo una película. Con subtítulos, claro.

La verdad que me lo imaginaba mayor. Nadie le pone cara a Pablo Durán como a tantos otros artistas que prefieren mantenerse en la seguridad del anonimato para dar protagonismo a sus obras. En mi imaginación era un hombre de cincuenta y tantos, de cabello largo y blanco y ojos pequeñitos, arrugados y ¿azules? Sí, azules. Pablo es todo lo contrario a lo que mi imaginación había creado. Y aunque dejé de creer en príncipes cuando me abandonaste, puede que sí... que sí existan y haya tenido la suerte de encontrarlo. Ojalá... Ojalá sea así. Ojalá no me equivoque esta vez.

Nos lo hemos pasado increíblemente bien. Sabe contar chistes. Le encanta viajar. Reconoce que es muy desordenado y se duerme con las películas subtituladas. ¡Punto a su favor! No le gusta la gente que lleva gafas de pasta sin necesidad, se duerme con las novelas históricas y nunca, nunca, rechazaría una invitación a una exposición, al cine o a un partido de baloncesto.

Suena mi móvil. Hace unas horas hubiera pensado: «Ojalá sea Diego». Pero de repente y para mi sorpresa, me veo pensando: «Ojalá sea Pablo». Y mis deseos se hacen realidad. Una feliz proyección al

71

universo que se cumple. ¡Bien! ¿Te leo su *whatsapp*? Total, no creo que te duela demasiado. Estarás con ella viendo cualquier película india subtitulada.

Me ha encantado conocerte, Emma. Invítame a una exposición y seré todo tuyo.

No puedo evitar sonreír. En cuanto acabe de escribirte voy a mirar qué exposiciones hay interesantes por Barcelona. Y voy a ir con él. Y ojalá me bese en nuestra segunda cita. Que no espere. Que no perdamos «momentos», porque la vida pasa y, si de algo me he dado cuenta en tu ausencia, es que no debemos desperdiciar ni un segundo de nuestro preciado tiempo porque mañana... quién sabe mañana. Yo ya desperdicié tres meses de mi vida desde que me dejaste y también cuando estaba contigo. Ahora voy a VIVIR. Sí, VIVIR en mayúsculas. Y a hacer lo que me venga en gana, cuando me apetezca. Hacer que todo esto merezca la pena.

> "Ojalá nunca te falte un sueño
> por el que luchar y un deseo
> con el que soñar".

***

—Bueno, bueno... —empezó a decir Silvia—. No solo las palabras están ayudando. Cuéntame más de Pablo... —sugirió curiosa.

—No te diré que es el hombre de mis sueños porque aún no lo conozco lo suficiente, pero se aproxima mucho. Esta noche hemos quedado. Iremos a la inauguración de una exposición de pintura de Elia Galera en el centro.

—Muy cultural. Qué bien.

—Sí.

—A ver qué tal se da la noche. ¿Diego está olvidado? ¿Seguimos con las palabras?

—Sí, por favor... me viene bien.

—Nos quedan cuatro. ¿Qué te parece Serendipia?

—Bonita. Vale.

Salí de la consulta de Silvia con la sensación de haberme librado de una carga pesada. Mi mochila se iba aligerando y solo quedaban unas pocas piedras de las que deshacerme.

En dirección a casa, más que en Diego y en la siguiente palabra sobre la que debía escribir pensé, sobre todo, en qué ropa me pondría esa noche para ver a Pablo. Y en las ganas que tenía de volverlo a ver, por supuesto. De volver a hablar con él, del simple hecho de estar con él. Al pasar por mi tienda de ropa preferida del barrio de Gracia, vi un vestido precioso. Negro, de manga corta y un favorecedor escote de pico que quedaría sensacional con unos zapatos de tacón con tiras doradas que tenía en el armario. Sin pensarlo dos veces, entré a probármelo y, al verme reflejada en el espejo del probador, parecía hecho para mí.

—Estás... —balbuceó Pablo al venirme a buscar—. Vaya, estás preciosa. —Se le iluminaron los ojos.

—Muchas gracias. Tú estás muy guapo — reconocí, dándole un beso en la mejilla.

—No me he afeitado —dijo, a modo de disculpa.

—Esa barba de tres días es muy sexy. Y lo sabes —me reí.

Fuimos caminando hasta la exposición, situada a solo tres calles de mi apartamento. Pablo y yo nos perdimos entre los colores y las formas abstractas de los cuadros de Elia, con quien tuvimos el placer de hablar, ya que Pablo la conocía desde hacía tiempo. Me gustaba la manera en la que Pablo trataba a la gente. Con amabilidad y respeto. Sonreía a cada camarero que le ofrecía champagne o montaditos para comer. Se notaba la pasión que sentía por el arte al observar cada cuadro. Y, sobre todo, sabía qué decir en cada ocasión. Elegante, apuesto, refinado y con buen gusto. Pero también divertido. ¿Estaba yo a su altura? Me empezaba a preguntar si realmente merecía a un hombre como él cuando algo en mi cerebro cambió de repente el chip. ¡Claro que merecía a un hombre cómo él! ¡Merecía ser feliz! Y siguiendo con ese ojalá... Ojalá fuera feliz con él. Pero algo me preocupaba. Había sido demasiado fácil. Demasiado previsible. ¿Algo así puede acabar bien? Yo estaba preparada para iniciar una relación tres meses después del abandono de Diego. Pero ¿lo estaba Pablo? ¿Él también había necesitado terapia desde que Alejandra lo abandonó?

Salimos de la exposición y, para mi sorpresa, Pablo cogió mi mano. En silencio, sin mirarme... como si entrelazar sus dedos con los míos fuera algo instintivo y natural. Como si nos conociéramos desde siempre. Lo miré de reojo algo confusa, pero feliz por su iniciativa hasta que...

—Lo siento —dijo, deshaciéndose de mi mano precipitadamente.

—¿El qué?

—Te he dado la mano, ha sido... no sé, no me he dado cuenta.

—Qué pena. Porque me había gustado.

—¿De verdad? ¿No te parece muy pronto?

Me detuve. Lo miré fijamente pensando detenidamente mis palabras para no cometer el error de decir lo primero que se me viniera a la cabeza. No quería fastidiar el momento. Quería que fuese perfecto.

—No, no me parece muy pronto. Y me da miedo que a ti te lo parezca. Sé que es una locura, pero también lo fue que te acercaras a una desconocida en la playa... —Le hice reír—. ¿Seguro que no lo haces con todas? ¿O con cualquiera?

75

—Te prometo que no. Te vi a lo lejos y me causaste buena impresión. Muy buena impresión, de hecho. Algo me dijo que me acercara a ti.

—Y me alegra que lo hicieras. Si algo he aprendido es a no desperdiciar el tiempo. A darle importancia a cada momento. Vivir con intensidad el aquí y el ahora. Que si me das un beso ahora, ese beso que habremos ganado y si no...

No me dejó continuar. Ya había hablado demasiado. Me besó. Y ese sí fue el mejor beso de mi vida. Las palabras sobraban y los sentimientos, aunque demasiado pronto y precipitados, empezaban a aflorar. Sin miedo. Algo increíble después de lo que nos había sucedido cuando lo normal hubiera sido temer. Desconfiar. Y no volver a abrir nuestros corazones tan de repente hacia otra persona. Pero ambos teníamos algo en común: sabíamos lo que era perder y que te rompieran el corazón. Llorar. Sentirnos solos y abandonados. Ambos sabíamos que nos debíamos una segunda oportunidad a nosotros mismos. Y la mejor compañía era, sin duda, la de alguien que te entendiera y que hubiera pasado por lo mismo que tú. A veces la magia existe y se llama: serendipia.

SERENDIPIA

*Hallazgo afortunado e inesperado
que se produce cuando se está buscando
otra cosa distinta.*

Pocas son las palabras que me quedan para despedirme totalmente de ti, Diego. De nuestra historia. De nuestro pasado. Conocerte fue un hallazgo inesperado y en su momento pensé que afortunado, como sucede cuando sientes felicidad al estar al lado de alguien. Me hiciste feliz. Pero estoy empezando a darme cuenta que lo mejor que pudo pasarme fue que me abandonaras y luego, no sin mucho esfuerzo, salir de esa cama que me mantuvo prisionera de la tristeza tres meses. Lo sé, lo sé... soy una dramática. Son muchas las personas que habrán pasado por la misma situación que yo y tal vez se lo hayan tomado de otra manera. Como lo estoy empezando a hacer yo gracias al destino. Serendipia. No sé lo que estaba buscando cuando fui a contemplar el atardecer desde la playa aquel día. No te escribí desde allí porque mi serendipia se acercó. Sí, vuelvo a hablar de Pablo. Lo siento, no lo puedo evitar. Estas palabras deberían ir dedicadas a ti, pero él está constantemente en mi mente. La otra noche me besó. Luego fuimos a cenar, nos divertimos. Pero no subió al apartamento que tú y yo compartimos durante tres años. Puedes estar tranquilo. No me hizo el amor en «nuestra» cama. Sigue vacía desde que te fuiste, pero es mi deber advertirte que pronto, espero, la ocupará él.

Algo me viene a la mente contigo y la palabra serendipia. Aún viajábamos. Aún. Fuimos a pasar un fin de semana a Londres y entramos en una magnífica tienda de antigüedades. Serendipia hizo una de las suyas cuando viste un reloj antiguo del que te enamoraste por completo. Te costó la friolera de mil doscientos euros pero, en ese caso, no te importó. Fuiste feliz con ese hallazgo y me hiciste feliz a mí. Aún nos sentíamos felices el uno por el otro y aún gastabas tu dinero en lo que te apetecía sin pensar en el futuro. Cuando te sucedía algo bueno, yo me alegraba y viceversa. Con el tiempo, eso fue desapareciendo. Te contaba algo positivo que me había sucedido en el trabajo como, por ejemplo, aquella oportunidad que tuve de ilustrar los cuentos infantiles de Maya Hill, una de mis autoras preferidas. No le dabas importancia. Te encogías de ·

hombros y te limitabas a felicitarme, sin tan siquiera dedicarme una franca sonrisa. Seguía con una venda en los ojos idealizando nuestra relación que cara a la galería era perfecta. A ti te gustaba quedar bien con todo el mundo, incluso con tus padres. Supongo que ellos tampoco me echan de menos. Sé que a tu madre nunca le caí bien. Esperaba más para su hijo; una médico, una abogada o una psicóloga. Qué sé yo. Silvia le hubiera gustado. Tan fría, seria y seca como ella. Me ha costado seis años abrir los ojos. Y solo seis palabras para darme cuenta que no eras mi príncipe azul. Que, al besarte, te convertías en rana. Una rana guapísima, pero no, realmente no era feliz. Realmente ese serendipia en el aeropuerto del Prat no fue lo mejor de mi vida. Ni de la tuya. Tal vez algún día diga lo mismo de Pablo pero, por el momento, disfruto del presente. Son cosas que se suelen decir y aconsejar pero que, a menudo, no ponemos en práctica. Y no sé por qué. Solemos machacarnos y ser nuestros peores críticos cuando realmente todo puede resultar más fácil si tratamos de pensar que irá bien. Que tiene que ir bien. Siempre fuiste negativo y de eso sí me daba cuenta. Tan ciega no estaba, ¿no?

Cuéntame, Diego, ¿cómo la conociste? A ella, me refiero. ¿También fue un día de lluvia en el aeropuerto? ¿Trató de «robarte» el taxi? ¿O estabas rebozándote como una croqueta en la arena de la playa, le pareció sexy y se acercó a ti? Vale, vale... ya paro. Lo prometo. Bueno, no. No voy a prometer nada. Tú me prometiste las estrellas y mira ahora... no estás. El segundo año de nuestra relación también fue idílico y tú aún eras un poco ñoño conmigo. Fuimos a París. Te encanta París aunque te avergonzaba ir conmigo porque cantaba *La vie en Rose* en el centro de la Plaza de la Concordia ante todas las curiosas y descaradas miradas de turistas y parisinos. Sabes que nunca me dio vergüenza hacer este tipo de cosas. Estar un poco loca, ya me entiendes. El caso es que, esa noche, en la terraza del hotel en el que nos alojamos, me prometiste las estrellas. Me abrazaste fuerte, muy fuerte... yo te miraba locamente enamorada. Y me susurraste:

—¿Ves todas esas estrellas de ahí?

—Sí —asentí despistada, perdiéndome en tu mirada.

—Son todas tuyas... aunque no tan bonitas como tú —piropeaste, acercándote más y más... y terminando con un «Te quiero» muy bajito mientras rozabas mis labios.

Puede que esa noche esas estrellas fueran mías. Pero se fueron cayendo una a una, a medida que el tiempo pasó. No volviste a decirme cosas tan bonitas como en ese viaje a París. Quise volver, pero ¡siempre estabas tan ocupado! Proyectos y más proyectos. Ahora sé que muchos de esos proyectos eran otras mujeres. Estoy convencida de ello, intuición femenina, supongo. Y me da un poco de miedo volver a tropezar o que me puedan hacer lo mismo. Pienso en Pablo y de verdad que intento, por todos los medios, confiar. Confiar en el serendipia que me lo ha presentado y pensar que él jamás haría lo que me hiciste tú a escondidas.

> "La vida no es meramente
> una serie de coincidencias
> y accidentes sin sentido, no...
> Sino más bien un tapiz de acontecimientos
> que culminan con un plan
> exquisito y sublime".
> *(Serendipity)*

Hace tiempo vimos una película: *Serendipity*. Mucho que ver con la palabra de hoy, por cierto. Tú te dormiste, así que ni siquiera la recordarás, pero se convirtió en mi película preferida durante un tiempo hasta que apareció *El Diario de Noa*. Dos personas destinadas a encontrarse aun existiendo multitud de impedimentos, porque eran dos almas que el destino había decidido unir. Nunca conoceremos su final real, pero esa historia caló hondo en mí. Y ahora, más que nunca, la recuerdo.

> "Fue como si en ese momento,
> el universo solo existiera
> para que estuviéramos juntos".
> *(Serendipity)*

Y, sin embargo, no puedo evitar sentirme culpable al pensar en Pablo y no en ti. En pensar que el universo, efectivamente, solo existe para que él y yo estemos juntos. Dentro de mi momento y mi historia, claro. Al resto del mundo le debe dar un poco igual, aunque muchos puedan sentirse identificados con mis palabras. Estoy aprendiendo a aceptar la serendipia, Diego. Así, poco a poco, estoy consiguiendo alejarme de ti. Cada vez más... caminando en línea recta sin desviarme por el camino. Sabiendo que, la vida sin ti, también es posible. Y mucho mejor. Amargamente recuerdo nuestros momentos vividos y en vez de instantes felices, ahora vienen a mi mente complicaciones, discusiones y malas miradas. Hablo de los últimos años de nuestra historia. Aunque un amor bonito nos unió, la mentira nos fue distanciando y consumiendo lentamente, aunque yo no fuera consciente. Tú sí lo eras. Eres el único que lo sabía todo y que, posiblemente, pudiera dar respuestas.

—Sí, te fui infiel. No una, ni dos, ni tres veces... fueron muchas más. Te mentí y no me siento orgulloso de ello.

»Los primeros años fueron especiales. Te quise y te querré siempre, lo sé. Pero vivirás mejor sin mí. Al final, después de tantos deslices, encontré a la mujer de mi vida o al menos eso es lo que pienso. Aunque no lo creas, yo también tengo mi vena romántica. Los hombres también lloramos, Emma. Si te soy franco, me duele no haber sentido compasión por ti al dejarte. No me arrepiento por cada una de las veces que hice el amor con otra mujer mientras estaba contigo. No me sentía culpable al volver a casa y verte. Esperándome. Sin sospechar nada. Al contrario, me aliviaba saber que eras tan ingenua... tan inocente. Creyendo siempre mis mentiras. Pero de verdad, no quería hacerte daño. Solo quería vivir sin ti aunque viviera contigo. Siempre me he contradicho, no lo entenderás nunca. Para ti el compromiso y la sinceridad es primordial en una relación. Pero para mí, lo que tú y yo teníamos dejó de ser una relación cuando me di cuenta de que teníamos muy pocas cosas en común. Y sí, tu carácter alegre, dicharachero y desvergonzado me causaba pudor. Necesito a una mujer más seria y menos arriesgada. Como lo soy yo. Y la encontré. Vive, Emma, y déjate llevar por la magia del serendipia, aunque ya sabes que yo nunca he creído en la magia. Puede que Pablo sí. Que tengas suerte.

Como si se tratara de un monólogo que jamás me dirás, sé que acierto si escribo pensando que lo haces tú. Estas serían más o menos tus palabras. Espero que serendipia me trate mejor a partir de ahora y no ponga a ningún mentiroso e infiel más en mi camino. Y sí, espero que Pablo crea en la magia. Crea en mí. En que soy la mujer de su vida y, seguramente te vas a reír, pero vuelvo a imaginarme paseando por la iglesia hacia el altar del brazo de mi padre, como la novia más bella sobre la faz de la tierra. No eres tú quien me espera al lado de un cura sonriente. Pero tampoco lo es Pablo. Aún no tiene rostro, pero espero que serendipia se porte bien y haya puesto en mi camino a Pablo por algún otro motivo que no sea más aprendizaje sobre el sufrimiento. Sobre eso no quiero aprender más, ya tuve bastante contigo. Y sobre lo de ingenua, lo seguiré siendo. No perderé esa inocencia que siempre me ha caracterizado. ¿Y sabes por qué? Porque forma parte de mí. De mi esencia. De mi personalidad. No dejaré de creer en las personas solo porque una destrozó mi corazón sin que yo lo mereciera. Seis años de mentiras e infidelidades que no supe ver. Tendré los ojos más abiertos, pero mi corazón seguirá siendo el mismo de siempre.

Gracias. Gracias por tu sinceridad, aunque solo haya sido fruto de esta imaginación.

"Y de repente llegas tú.
Nunca había conocido a nadie
que de verdad pensara que yo valía la pena,
hasta que te conocí a ti.
Y tú lograste que yo también me lo creyera,
así que por desgracia te necesito...
y tú me necesitas a mí".
(Amor y otras drogas)

***

84

Al finalizar, Silvia me miró. Escudriñándome y escuchándome con atención. Escribiendo. Siempre escribía mucho.

—Vaya, cómo ha cambiado Diego. Ha pasado de ser el hombre encantador al que le costó decirte que le gustabas en la cafetería, a ser todo un rompecorazones.

—Pero no le guardo rencor.

—Mejor. El rencor es un sentimiento negativo y destructivo. Muy doloroso. Interfiere en nuestro camino y no nos deja seguir hacia delante. No lo necesitamos. ¿Has vuelto a quedar con Pablo?

—Mañana por la tarde. Vamos a la playa a contemplar el atardecer —respondí feliz.

—Genial. Próxima y penúltima palabra: Olvido.

Miré al suelo. Olvido. Sonreí.

—«Nunca prometas algo que no puedas cumplir» —le dije a Silvia, logrando confundirla—. Pero tú me prometiste que, al finalizar mis escritos sobre las nueve palabras que concretamos, volvería a ser la de siempre. Lo estás consiguiendo.

—No solo es mérito mío. También del mágico serendipia y las palabras. Hasta la semana que viene, Emma.

OLVIDO

La acción, voluntaria o no,
de dejar de recordar.

Es cierto, Diego, las palabras me han ayudado. Olvido es la penúltima. Y, aunque ahora mismo no pueda olvidarte, quizá porque estas palabras van dirigidas a ti, sé que pronto lo haré. En dos horas he quedado con Pablo. Y solo existirá él. Tú te habrás esfumado. Ya no desearé encontrarte en los lugares a los que sueles ir. Dejaré de buscarte. No querré que me envíes un *whatsapp* o me vuelvas a añadir como amiga en *Facebook*. Tampoco cotillearé tus fotos de *Instagram* en las que, por el momento, no has puesto ninguna con Ella y te has limitado a enseñar a tus seguidores lo que has comido. Debes estar más gordito.

Olvido la tristeza de estos últimos meses. Vuelve mi sentido del humor. Mis locuras. Volveré a cantar bajo la lluvia y, por supuesto, volveré a París.

Y seguiré cantando. O bailando. Lo que se tercie. ¿Y sabes? Echarás de menos mis locuras. Lo sé. Pero yo ya no te echaré de menos a ti porque ni siquiera lo hago ahora.

Dame unas horas... quizá un día si mi cita con Pablo va bien. Nos hemos visto durante algunos días. Hemos ido a tomar café, hemos hablado, nos hemos conocido y nos hemos besado... nos hemos besado mucho. Pero nada más. Y hoy me apetece más. No para olvidarte. No por rencor o venganza. Es por qué...

—Sí, me he enamorado. Y quiero ser correspondida. Hoy se lo voy a preguntar.

—¡¿Qué?! ¡Estás loca! ¡Lo asustarás! —me dirías escandalizado.

Me da igual asustarlo. Si lo hago, no merecerá la pena. Y no quiero perder el tiempo como lo hice contigo. Si me rechaza, al menos habré arriesgado. Si en esta vida no arriesgamos, no ganamos. Y por amor hay que arriesgarse siempre. Me notas diferente, ¿verdad? ¡Sí! Estoy ilusionada y feliz, Diego.

"Yo no hablo de
venganzas ni perdones,
el olvido es la única
venganza y el único perdón".
(Borges)

He decidido que no te voy a olvidar porque me diste una gran lección de vida y me hiciste feliz. No quiero olvidar mis momentos contigo porque forman parte de mí. No sé qué pensarás tú al respecto, pero sé que, probablemente, tampoco logres olvidarme. Seis años no son una semana o dos meses; no fue una relación fugaz de verano de la que, con los años, olvidas hasta el nombre de la persona con la que te ilusionaste. Y ahora, si me disculpas, voy a salir. Seguiré luego y te contaré qué tal me ha ido.

***

Tarde primaveral calurosa. En unos días llegaba el ansiado verano y Barcelona volvería a lucir espléndida y soleada después de una fría primavera. Se llenaría de turistas con chanclas y calcetines, la piel quemada por el sol, fotografiando los edificios de Gaudí, paseando por las Ramblas y abarrotando las playas.

Vi a Pablo contemplar el mar en calma de la playa de la Barceloneta donde habíamos quedado: en el punto exacto en el que nos conocimos. Me acerqué a él y me senté a su lado. Me recibió con una sonrisa, una caricia, un beso y me abrazó. Y yo me sentía completamente preparada para decirle lo que pensaba. Lo que sentía. «Aquí y ahora», me dije. Ya. «Estoy preparada para arriesgar», pensé, mirándolo fijamente a los ojos.

—Pablo, sé que es todo muy precipitado. Que ni siquiera... bueno, ya sabes... ni siquiera conoces mi apartamento. Pero...

—No, Emma... mejor no digas nada. —Su tono serio me despistó completamente.

—Me da igual la respuesta. Quiero decirlo y punto —respondí cabezota—. Me he enamorado de ti.

Pablo se llevó las manos a la cabeza. Desde luego, me pareció mucho más dramático que yo y eso era complicado de superar. Me miró. Seguía serio, muy serio. «Mierda, mierda, mierda. La he cagado», me dije, segundos antes de que me diera un beso rápido en los labios y se largara. La cita más corta de la historia. El desplante más feo que me habían hecho jamás. Me quedé con cara de tonta viendo cómo Pablo se alejaba de mí. Ni siquiera me salió una lágrima.

—Tenías razón, Diego —murmuré.

Me encogí de hombros y decidí contemplar el atardecer en soledad. Volví a pensar en los nueve gatos que vivirían conmigo en el futuro. En lo idiota que había sido por abrir mi corazón demasiado rápido. Por haber asustado a mi admirado ilustrador. A todo el mundo le gusta escuchar esas cosas: «Me he enamorado de ti.» ¡Es algo bonito, por favor! Sobre todo cuando esa persona te gusta como yo le gustaba a Pablo. O eso creía. A mí me hubiera gustado que él me lo hubiese dicho. Pensé en la posibilidad de hablarle de Silvia y que pidiera cita con ella para hacer una terapia similar a la mía y olvidar a Alejandra. ¿Era ese el problema? ¿No la había olvidado? No hace falta olvidar para seguir hacia delante. De vedad que no hace falta. Aun así, seguí contemplando el maravilloso atardecer. Al menos, eso había merecido la pena.

***

Diego, vuelvo a estar contigo. Tenías razón. No debería haberme precipitado. No debería haberme arriesgado. Sí, se ha asustado. Y, al igual que tú, se ha ido sin decirme nada. Pero él no está obligado a darme explicaciones. Sigo pensando que tú sí. Bah, es igual, déjalo. Me he olvidado de quererte, ¿no? De lo contrario, sería un paso hacia atrás enorme y no puedo permitírmelo. Olvidarte, en ese sentido, está siendo una de las cosas más difíciles a las que me he enfrentado y, por otro lado, solo han pasado ocho palabras desde que empecé esta terapia. Y no me avergüenza reconocer que quizá he quedado como una idiota con Pablo. Sigamos hablando del olvido.

"Uno siempre recuerda
esos besos donde se olvidó de todo".

Siempre fuiste algo despistado. Y olvidadizo. Mucho. Aunque fueras un maniático del orden, nunca sabías dónde colocabas las cosas. Imagino que tampoco te acordarás de mí. Olvidabas mis cumpleaños cuando salíamos juntos, olvidabas que habíamos quedado en algún restaurante después de trabajar... cuántas veces esperé durante dos horas... Muchas. Más de cinco, ahora que lo pienso. No hay nada más triste y humillante que sentarte en una mesa para dos en un restaurante y esperar... esperar... esperar viendo cómo la gente te mira compadeciéndose de ti y pensando que te han dado plantón. Y cómo el camarero se acerca de vez en cuando para ver si decides rendirte y dejar la mesa libre para otros clientes que sí han recordado su cita y están esperando en recepción. Entonces tú pones los ojos en blanco, sonríes con cara de circunstancias y te quieres morir. O desaparecer. Y empiezas a hacer ruiditos, a tararear alguna canción o a mirar el móvil con cara de pocos amigos para que nadie te vuelva a molestar.

Te mandaba cientos de *whatsapps* y, cuando los leías, venías. Siempre despeinado y agotado, culpando al gran volumen del trabajo que te tenía tan ocupado y a los atascos del centro. No sé qué pensar, la verdad... Y con lo que ha sucedido hoy con Pablo, estoy empezando a imaginar cosas raras. Como por ejemplo: soy un ser extraño para este mundo. No especial ni nada de eso. Simplemente, soy rara. Tú no me aguantabas, tenías la necesidad de irte con otras hasta que me abandonaste del todo. A Pablo lo he asustado porque ahora me ha dado por vivir al límite, cada momento al máximo y decir todo lo que se me pase por la cabeza cuando se me antoje. ¿Se puede ser así? ¿Se puede volver a ser como un niño? O tal y como decía alguien que no recuerdo, ¿la sinceridad está sobrevalorada? No, el mundo no está preparado para ver a una loca cantar y desafinar *La vie en Rose* en el centro de la Plaza de la Concordia. El mundo no está preparado para ver a una mujer bailando bajo la lluvia o contando las estrellas en mitad de la noche sentada sobre la arena de una playa desierta. El mundo no está preparado para la espontaneidad y la sinceridad. Para que la gente haga lo que le dé la gana cuando le dé la gana. No sé si es el mundo o soy yo, pero prefiero olvidar las cosas malas. Prefiero olvidar lo que me hace daño. Prefiero seguir siendo así. Prefiero vivir con nueve gatos a estar con alguien que no aprecie mi manera de ser. Que no aprecie un espontáneo «Te quiero» aunque sea demasiado pronto. Pero ¿qué es «demasiado pronto»? Nunca lo he entendido pero, por otro lado, debería entender que Pablo es otra alma herida en este mundo que sigue con sus batallas internas para superar la reciente ruptura con Alejandra. Ojalá pudiera olvidar aquella tarde en la que se me acercó en la playa... Ojalá pudiera olvidarlo, pero no quiero.

¡Diego! ¿Lo estás viendo? Tal vez debería escribirle ahora a Pablo en vez de a ti. Gracioso el asunto.

"Pero me fui acostumbrando a tu ausencia, y ya no eras más el tema exclusivo de mis versos.

Te fuiste convirtiendo en papeles
y cartas viejas
que se esfumaron junto con
tus promesas de amor eterno.
La última que recuerdo
haber visto,
la consumió lentamente el fuego,
asistido por mi mirada de libertad".

(Víctor de la Hoz)

Voy viendo la luz. Voy olvidando. Voy viéndote cada vez más lejano, Diego. Porque esas palabras que nunca pronunciaste fueron las que siempre necesité escuchar. Así que sí, en cierta manera, no me está costando olvidarte. Ahora debería solucionar otro asuntillo, ya sabes cuál es. Aunque quizá ni siquiera has escuchado nada de lo que te he estado explicando porque tenías la mala costumbre de hablar y hablar y hablar... y no escuchar. Sí, eras de esos. ¿Has cambiado a lo largo de estos meses? Las personas no cambian de un día para otro, ¿verdad? Y nadie puede forzar al otro a cambiar, pero espero que te conviertas en alguien mejor. Siempre mejor. No decaigas, sé que tienes un buen fondo, lo vi en nuestra primera cita. Encantador, alegre, pícaro y con una reluciente sonrisa que espero que no pierdas nunca. Estoy deseando descubrir la última palabra. Esa que hará que te olvide definitivamente. Esa que cerrará esta etapa que, aunque sé que no olvidaré jamás, sí superaré. Pronto... muy pronto.

Venga, Diego, estamos cada vez más cerca de descubrir la verdad.

"Olvidarte
sería una cobardía.
Yo quiero recordarte
sin que me duelas".

***

Sé que Silvia tenía ganas de reírse de mí. O conmigo, no lo sé. Mejor reír que llorar, ¿no?

—Te hubiera dicho lo mismo que Diego, Emma. Demasiado pronto.

—La he cagado, lo sé.

Mi palabra mal sonante, hizo que Silvia no pudiera reprimir más la risa.

—Lo siento. No debería reírme. Pero mejor tomárselo con humor, ¿no crees? Habías perdido tu sentido del humor cuando Diego te dejó y ¿ves? Lo estás recuperando. ¿Tiene sentido lo que hemos hecho?

Asentí.

Sí, sí lo tenía. Las palabras habían mitigado el dolor. Me habían aliviado y ayudado a comprender que, efectivamente, Diego no estaba hecho para mí. Casarme hubiera sido un tremendo error. Para él y para mí. No hubiéramos sido felices y por suerte él lo supo mucho antes que yo.

—¿Qué crees que pasará? —me preguntó—. ¿Piensas hacer algo más? ¿Llamarlo?

—No.

—¿No decías que ibas a hacer lo que te diera la gana?

—Sí, pero ya lo hice. Y se fue. No tiene sentido seguir incordiándolo. Si hubiera ido más despacio, si hubiera esperado...

—Y si yo ayer me hubiera hecho la manicura, hoy no tendría estas uñas horrorosas —replicó Silvia—. No pienses en el «si hubiera...». No existe. Lo hiciste y punto, acéptalo. Cometemos errores, pero no pasa nada. Cuando decimos «Tierra trágame», en realidad debemos aceptar que algo incómodo está sucediendo, pero que aprenderemos de eso. Y nos haremos más fuertes. Suena a tópico, pero es así. ¿Estás preparada?

—¿Para la última palabra? Claro —respondí insegura.

—Desenlace.

—Cómo no —sonreí.

DESENLACE

La resolución de una historia.

"Los científicos dicen que
estamos hechos de átomos, pero
a mí un pajarito me contó que
estamos hechos de historias".
(Eduardo Galeano)

¿Realmente después de nueve palabras estoy
preparada para un final? Esa fue la pregunta que me
hice a mí misma cuando Silvia desveló la palabra con
la que terminaríamos nuestra terapia. Y sí, Diego.
Estoy preparada para un desenlace porque, al fin, te
vi con ella. Al fin le puse cara. Y cuerpo. Incluso
personalidad y voz. Al verla, supe enseguida que
estaba hecha a tu medida. Que era la mujer con la
que siempre soñó tu madre para ti. Que la mirabas
como solías mirarme a mí cuando empezamos. Y tu

96

sonrisa bobalicona no necesitaba esforzarse al estar con ella. Que ella era todo lo que siempre habías deseado en secreto mientras estabas conmigo. Y ¿sabes? Sé que esto es un desenlace en toda regla porque no me dolió.

"Lo volví a ver,
con la misma sonrisa de la que
me había enamorado de él,
pero las mariposas ya no estaban".

***

Tras la octava sesión, salí del despacho de Silvia reflexionando sobre la palabra desenlace y me senté en el bar de enfrente a tomar un café. Siempre me ha gustado observar a la gente mientras me tomo un delicioso capuchino, ya lo sabes. Para ti era una pérdida de tiempo. ¿Recuerdas que siempre me lo decías? Pero a mí siempre me ha gustado jugar a imaginar y observar con atención cada mirada o cada gesto; inventarme el tipo de vida que llevan esos desconocidos que selecciono al azar. Aunque mi imaginación sea muy distinta a la vida que llevan en realidad, claro. Nunca sabré la verdad pero no desespero y busco, dentro de cualquier detalle, qué tipo de decisiones han elegido en la vida. Qué caminos han tomado para llevarles hasta dónde están. ¿Qué piensan del amor? ¿Del destino? ¿De los finales?

Y, mientras observaba, vi lo inesperado. Te vi a ti. Entrabas en el edificio de donde yo había salido minutos antes. Media hora más tarde, Silvia salía cogida de tu mano. Me quedé en *shock*. Medio traspuesta. Con la mirada fija en vosotros que caminabais sin saber que *la ex* estaba observando desde la otra acera.

—Esto sí que no me lo esperaba —murmuré.

Cruzasteis un semáforo y os perdí de vista. Silvia, mi psicóloga, la persona que me había ayudado a superar lo nuestro, era la persona con la que habías querido compartir tu vida y abandonar la «nuestra».

Mientras escribo esto, pienso que no voy a volver a su consulta. Que faltaré, sin decir nada, a nuestra última cita. Por supuesto no le cogeré el teléfono. Y nunca le leeré mi escrito sobre la última palabra que me dio. Un desenlace en toda regla y además con giro inesperado. Tengo que escribir un libro sobre esto, Diego. Te cambiaré el nombre, te lo prometo.

La psicóloga nunca sabrá que soy la ex destrozada que entró por primera vez a su consulta pidiendo ayuda a gritos porque señora melancolía y señora soledad la acechaban continuamente por lo efímero de una época feliz que serendipia había puesto en su camino pero que, ojalá, hubiese tenido algo más de compasión por el desenlace de esta historia que parecía haberse quedado en el olvido.

"Quizás no se trate del final feliz, quizás se trate de la historia".

Quise pensar que Silvia no sabía quién era yo. Quise pensarlo, porque de no ser así, habría jugado conmigo y mis sentimientos. Y no quería pensar que existiera en el mundo alguien tan retorcido y malicioso. Recuerdo la vez en la que dijo:

—Diego. Bonito nombre.

Ella, al igual que yo, también pensaba en ti. Prefiero quedarme con la duda. Prefiero desconocer si Silvia sabía que yo era tu ex. Prefiero pensar en lo bueno de todo esto y en lo mucho que me ha ayudado su terapia que, sin duda, seguiré. Pero sola. Sin necesidad de sentarme en ninguna consulta a contarle mis historias, problemas o tristezas a un especialista desconocido. No digo que sea algo malo, pero soy de las que prefieren guardar secretos.

Bueno, Diego, esto llega a su fin. Han sido nueve palabras muy especiales que me han hecho ver lo malo y lo bueno de lo nuestro. Pero, sobre todo, me ha hecho ver que ya no te quiero tanto. Porque no mereces que te quiera tanto. Y te deseo suerte. Con ella. No he llegado a conocerla tanto como ella a mí, pero me parece una mujer interesante, de esas que no se pondrían a cantar en medio de una plaza. De esas que ahorran, viajan lo justo y necesario y no son alocadas o desvergonzadas. Sí, Silvia es de esas que mira películas indias subtituladas, lee novelas históricas y, seguramente, por lo blanca que está, odia la playa. Probablemente no presta demasiada atención a un atardecer o al canto de un pajarito. No se detiene a mirar los pequeños detalles; no le importan porque prefiere concentrarse en las grandes cosas de la vida aunque algún día se dé cuenta que lo más valioso está en lo más insignificante del día a día. ¿Ves? La mala costumbre de dejar volar mi imaginación... quizá ella no sea tan distinta a mí. Quizá sí te avergüences de ella porque también le gusta dejarse el paraguas en casa y bailar bajo la lluvia.

Adiós, Diego. Que tengas una vida larga y feliz. Ojalá sea junto a ella. No le destroces el corazón como hiciste conmigo; ni ella ni nadie merece algo así. Y gracias por los buenos momentos porque son los que siempre quedarán grabados en mi corazón que, poco a poco, se va recomponiendo del impacto. Tranquilo, esos cachitos rotos se van uniendo como un puzle y yo también lograré ser feliz por completo. Algún día. Espero que pronto. Ojalá.

"La casualidad es un desenlace,
pero no una explicación".
(Jacinto Benavente)
***

Aún con Diego y Silvia metidos en mi cabeza, me fui hasta la playa de la Barceloneta con la esperanza de ver a Pablo sentado sobre la arena, contemplando un atardecer. Solo deseaba verlo a él. En realidad, mi despedida a Diego no había sido del todo difícil porque mis sentimientos habían volado hacia otra persona. Eso le sucedió a él y no le costó despedirse de mí porque ya no me quería. Quería a otra mujer.

No había ni rastro del famoso ilustrador. Así que, en soledad, disfruté del atardecer. Tranquilidad. Paz... sí, había encontrado paz. Me había despedido con la cabeza bien alta, pudiendo dormir bien por las noches sin necesidad de pastillas, porque no había sido yo quien le había provocado dolor a nadie.

No sabía hacia dónde me llevaría la vida. Pero el destino no es tan importante como el viaje. Y ese viaje iba a disfrutarlo, de eso estaba convencida.

Mientras contemplaba el juego de colores del cielo frente al mar, pensé en los diversos destinos desconocidos que me esperaban con los brazos abiertos. Tenía un par de proyectos para septiembre; para eso aún quedaban unos meses, así que, ¿por qué no? Bali podría ser un buen destino para acabar de encontrarme a mí misma. Seguir conociendo otras culturas, otras gentes y, sobre todo, otros atardeceres. Muchos atardeceres. Y también ilusiones, qué demonios. Las ilusiones nos dan la vida.

"No te conformes con «casi feliz».
No termines libros malos.
Salte de la película si es aburrida.
Si no te gusta lo que hay en el menú,
sal del restaurante.
Si no estás en el camino correcto,
da la vuelta y toma otro.
El tiempo es el único que no vuelve".

Escuché unos pasos detrás de mí, justo cuando el cielo terminó de regalarme sus deslumbrantes tonalidades anaranjadas y rosas. Estaba a punto de hacerse de noche; el cielo del atardecer debía dar paso a las resplandecientes estrellas y recordé el deseo que le pedí a una de ellas desde el balcón. Se cumplió en ese preciso instante:

—Hola... —saludó una voz ronca que conocía muy bien.

Se sentó junto a mí. Me miró con tristeza. Nos sonreímos.

—Cuánto tiempo, Pablo. Me alegra mucho verte —dije sinceramente.

—Fui un idiota, Emma. De verdad que sí.

—Aún no estás preparado para empezar algo nuevo.

—Sí. Sí lo estoy. Me gustó mucho lo que me dijiste. ¿A quién no le gusta que le digan «te quiero»?

—Eso mismo pensé yo... —reí.

—Yo también estoy enamorado de ti, Emma.

Sinceridad. Brillo. Luz en su mirada. Un mágico momento que guardaría en mi memoria eternamente. Un instante efímero. Los más bellos... Asentí. Pablo acarició mi cara. Mi cabello. Se acercó a mí y me regaló un precioso beso. Aún con nuestros rostros muy, muy juntos, quise volver a arriesgarme.

—Sé que es muy pronto y espero que no salgas corriendo, pero ¿quieres venir conmigo a Bali? —le propuse.

Pablo rio. Asintió. Feliz. Volvimos a besarnos y así fue cómo iniciamos nuestra historia. Prometimos sinceridad en nuestra relación. Olvidar el mal sabor de boca que nos habían dejado las personas anteriores que compartieron un ratito de sus vidas con nosotros, y empezar de cero en muchos sentidos. Empezar de cero... Da miedo, ¿eh? Pero a la vez es emocionante.

Nunca sabréis cómo terminó nuestra historia después del «Fin» que aparecerá irremediablemente en unos instantes. No es necesario. A veces, es mejor guardar ciertas historias para nosotros mismos. A veces, es necesario saber cuándo las palabras sobran y otras muchas veces, lo adecuado es dejar volar la imaginación. Soñar no solo cuando dormimos, sino también cuando estamos despiertos. Y pensar que el famoso serendipia nos destroza, a veces, porque nos tiene reservadas grandes historias en nuestra vida.

"Nos enamoramos una sola vez en la vida. El resto de nuestros días los perdemos buscando a alguien con quien volver a sentir lo mismo".

Made in the USA
San Bernardino, CA
18 April 2018